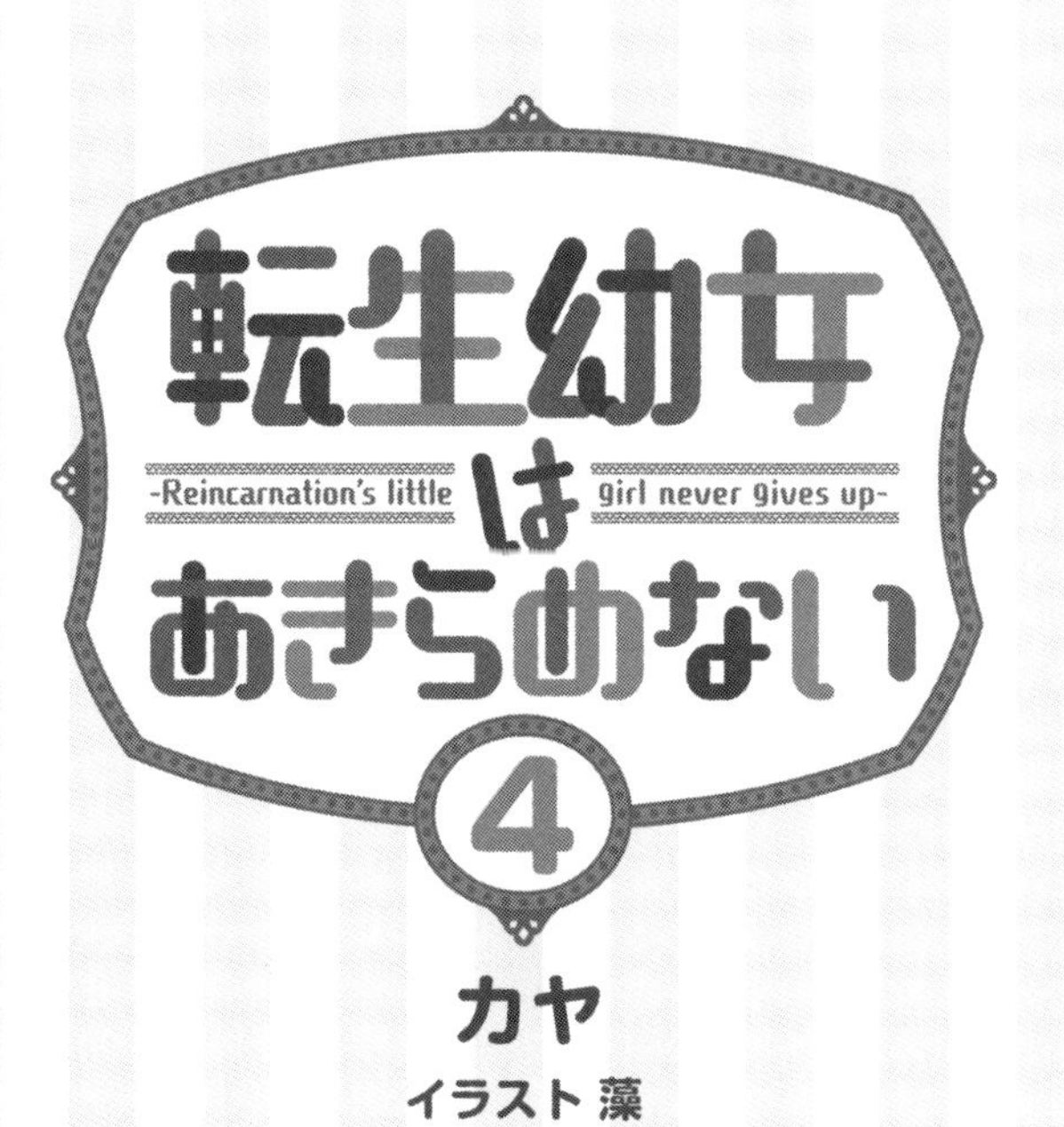

カヤ
イラスト 藻

CHARACTER

リーリア

キングダムの四侯、オールバンス家の娘として生まれた転生者。トレントフォースからの帰還後、ニコの学友として王城へと通っている。2歳になった。

ルーク

リーリアの兄。愛らしいリーリアをひと目見たその日から、守ることを決意する。リーリアがオールバンス家に帰ってきてからは、より一層深い愛情を示す。

ニコラス

キングダムの王子。癇癪もちと思われていたが、王城に遊びに来たリアによりその原因が魔力過多であることがわかり、本来の素直でまじめな性格に戻る。

ディーン

オールバンス家の当主でリーリアの父。妻の命と引き換えに生まれたリーリアを疎んでいたが、次第に愛情を注ぐようになる。今では完全に溺愛している。

アリスター

リスバーン家の庶子。リーリアを送りとどけた後、領都シーベルにて生活を始める。

ギルバート

リスバーン家の後継者。ルークとウェスターを訪れた。アリスターは叔父にあたる。

ハンス

リーリアの護衛。元護衛隊の隊長だったがディーンにリーリアの護衛として雇われた。

ナタリー

キングダムへと戻ってきたリーリアに付いたメイド。早くに未亡人となり自立の道を選ぶ。

ヒューバート

ウェスターの第二王子。リーリアとアリスターを領都シーベルまで送りとどけた。

ネヴィル

リーリアの祖父。亡くなったリアの母・クレアの父であり、キングダム北部領地の領主。

あらすじ

転生した世界で、何者かに誘拐されたリーリア。だが虚族を狩るハンターのアリスター達に助けられると、トレントフォースの町で保護される。

新たな環境での日々の中、領都からウェスター第二王子ヒューバートが使者として現れる。ヒューバートはキングダムとの交渉材料として、四侯の血筋であるリーリアとアリスターを保護しに来たのだった。

領都側の思惑を理解しながらも、二人は要請を受け領都へ向かうとリーリアは兄ルークと再会を果たした。

キングダムへ戻ったリーリアが、最愛の家族との時間を過ごしていたある日、キングダムの王子ニコラスの遊び相手として王城へ通うことになる。癇癪持ちと言われるニコの言動が魔力過多によるものだと気づいたリアは、魔力を吸収してニコの気持ちを落ち着かせることに成功する。そして二歳になったリーリアは無事お披露目パーティの舞台に立つのであった。

-もくじ-

プロローグ

お披露目も後半戦

今日は私の二歳のお披露目のパーティだ。貴族であれば、本来なら一歳の時にするというお披露目は、私がうっかり魔力を使ってしまうという事件のために、延期されたままだったという事情がある。なぜ一年も延びたかといえば、さらわれて遠くに行っていたからである。思えば波乱万丈な一年間であった。

そんなパーティも、私とオールバンスの当主であるお父様に挨拶したら、あとはそれぞれで社交を楽しむ場となる。しかし、子どもにとっては社交など楽しくはない。

一周して戻ってきた時には、ニコがつまらなそうな顔をしていた。ニコは私の友だちだが、この国の王子でもある。

「リア、ほんとうにきょうはあそべないのか」

私はお父様の方を見た。ひととおり挨拶は済んだし、大人は旧交を温めるのに夢中で、主役の私がいなくても何の問題もないように見える。

「おとうしゃま」

私はニコと遊びに行ってもいいかと首を傾げて見せた。

「うーむ」

あまり遊びに行かせたくなさそうなお父様に、モールゼイ家の人が近寄ってきた。

「ディーン、どうした、いつも以上に難しい顔をしているぞ」

「ハロルドに言われたくない。いや、そろそろ子どもたちが退屈になってきたようでな」

「お披露目などそんなものだろう。一歳だからというのもあるが、顔を見せたらたいていは引っ込むではないか」

たしかに、小さい子どもににぎやかな場は疲れることだろう。

「なるほど。部屋に戻るのではなく、子どもたちで遊びたいということなのですね」

マークが私とニコを見て納得したように頷いた。

「リーリアにもニコラス殿下にも護衛は付いているのでしょう」

「もちろんだ」

マークは何かを探すように会場を見渡した。

「ああ、来ていますね。外にも中にも護衛隊がいますから、まず心配ないでしょう。それに私もちょうど息抜きがしたかったことですし」

苦笑したマークが見た方には、若い女性が固まっておりこちらをちらちらとうかがっている。

「私も付いていきましょう」

「そんなのずるいわ！」

後ろの方から声がした。そこにいたのはクリスティンだ。

「あ、くりしゅちん」

「クリスでいいって言ったじゃない！」

クリスは腕を組んで胸をそらしている。さっきはあんなに嫌がっていたのに、クリスと呼ばれるので本当にいいんだ。私はちょっとおかしくなった。

「べつにいいぞ」

ニコが偉そうにそう許可を出したが、私の許可は必要ないのだろうか。

「そうですね、パーティはもう大人の時間のようですし、私も少し飽きました。私も一緒にいいですか」

側に来ていた兄さまも遊んでくれそうだ。

「もちろんだ。ルークのいえなのだからな」

ニコは兄さまにも偉そうに許可を出したが、ここ、私のうちでもあるんですけど。ギルはもう一五歳だが、付いてくるのが当然のような顔をして兄さまの側に立っている。

「クリスったら。また勝手にうろうろして」

「だって、大人のお話はつまらないんだもん」

「それはそうだけれど」

慌てたように、しかしおしとやかにクリスを追いかけてきたのはフェリシアだった。クリスを見つけてほっとしたのか、フェリシアは後ろを振り返ったが、アンジェおばさまは別にこちらを気にしているようでもなく、他の人と話をしている。

「これからリアとニコでんかとあそびに行くのよ」

別にさそってはいないが、当然付いてくるつもりのようで、私はやっぱりおかしくなった。

「この子たちだけですか？」

フェリシアはまっすぐにお父様を見た。お父様は本当はまだどうするか迷っていたようなのだが、そのフェリシアの言葉につい こう答えてしまっていた。

「いや、護衛も付いていくし、なによりマークとギル、それにルークもいっしょだ」

「マーカスさまとギルが。それなら大丈夫かしら」

兄さまが自分は数に入らないのかとちょっと不満そうにしている。まあ、はたから見たらまだ一二歳だし、線が細くて優しげに見えるから、兄さまが実は頼りになるということは伝わりにくいかもしれない。それに、マーカスさまにギル。呼び方で四侯男子の序列がものすごくよくわかる。

いろいろおかしくて、そろそろ笑いの限界が近づいてきた。兄さまは私を困った子だというように見ると、皆にこう提案した。

「では私が案内を。外はさすがに時間がないので、温室はいかがですか？　結構広いですよ」

オールバンスの温室は有名らしい。私も数回しか行ったことがないが、走り回れるほど広かったはずだ。なんで数回かって？　そもそも行動範囲が増える前にさらわれたし、帰ってきてからは城通いで忙しいのである。

「リア、はい」

兄さまが私に手を差し出した。何はともあれ妹から。ゲストは差し置いて、妹から。兄さまの愛がちょっと重い。

「よし」

その兄さまの手をニコが握った。兄さまは城に遊びに、違った、魔力の扱いを教えに来てくれているから、ニコは兄さまにはとても懐いているのである。兄さまはちょっと困ったように私を見たが、それでいい。私は気にするなと言うようにうむと頷いてみせた。

しかし私も誰かに手をつないでほしい。

「あい」

「ちょっと、なんでわたしなの」

隣にいたからに決まっている。

「くりしゅち」

「クリスよ！　まったく、しかたないんだから」

クリスはしぶしぶ手をつないでくれた。

「さ、にいしゃまについていきましゅ」

「リアはじぶんのおうちなのにおんしつのばしょがわからないの？」

「おうち、ひろしゅぎりゅ」

「そういえばそうね。わたしもじぶんのおうちでは行ったことのないところ、いっぱいあるわ」

そんなものである。私たちは、後ろを振り返りながらゆっくり歩く兄さまの後をすたすたと歩いた。

「もっと早く歩けないの？」

「あるいてましゅ」

「もう」

それをたぶん微笑ましく眺めながら、ギルがフェリシアに手を差し出したのだと思う。

「さ、お手をどうぞ」

「いえ、けっこうよ」

「では私が」

「マーカスさまも、そういうのいりません」

結局ギルもマークも断られ、三人で普通に歩いて付いてくるらしい。

「姉さまはね、じりつしているのよ。人にたよるのが好きじゃないの」

「しゅごい」

「そうでしょう。なんでも一人でできるのよ。わたしも姉さまみたいになりたいの」

その割に礼儀からしてなっていないではないか。

「まじゅ、あいしゃつから」

「リア、いがいときびしいわね」

クリスは顔をしかめた。私は重々しく言った。

「れいぎ、だいじ」

「だって、リアばかりみんなに大切にされて、うらやましかったんだもの」

クリスだって大切にされているのではないか。四侯の子どもなのだし。

「ふぇりちあは」

「姉さま？　姉さまは大好きよ。とてもやさしくて、ちゃんとあいてをしてくれるもの。でもお母さまは」

クリスは小さい声でそう言うとうつむいた。

「いしょがちい？」

「そう。リアのお父さまも？」

「いしょがちい。まいにち、おちろにいってましゅ」

「そうよね、よんこうだものね……」

四侯は誰もが城でなにかしらの仕事をし、何日かに一回結界の魔石に魔力を注いでいるのだという。

「リアは目がむらさきでいいわねえ。よんこうの色だもの」

「りあ、ちゃいろもしゅき。おかあしゃまのいろ」

「わたしのこの目の色も、どちらかというとお父さまににた色なのよ？」

私はクリスの目を見上げた。

「きれい」

「きれい？」

「きれい。おちゃにみるくのいろ。おいちい」

私はつないだ手をぶんぶんと振った。

おいしいことはいいことだ。

「おちゃがのみたい。おやちゅ！」

そう言えばおやつを食べていない。

「温室の方に、お茶と軽食とおやつをご用意いたしますよ」

「なたりー、ありがと」

さりげなく控えていたナタリーがそっと教えてくれた。

「くりしゅ、おやちゅがまってましゅ！」

「そんなに手をひっぱらないで！　どうせ急いでもよちよちしか歩けないんだから」

「よちよちてない！　むちろはちってる！」

「走ってって、リア」

　クリスがなにか戸惑っている様子だが、関係ない。さっきから飲み物しかお腹に入っていないのだ。その前に軽食をもりもり食べていただろうって？　それは軽食であって、おやつではないのである。

「へんな子ね」

「ふつうでしゅ」

「そうかしら」

　前で兄さまがくすくす笑い、後ろでギルが噴き出している。

「リアはねすぎなほかはふつうだろう」

　ニコまで何か言っている。しかし、兄さまが否定してくれた。

「むしろ寝すぎの方が普通の幼児だと思いますよ」

「そうだろうか」

　人の話を勝手に聞くのは失礼ではないかと思った私である。

　しばらく廊下を歩くと、客室に案内され、そのテラスから直接温室に出ることができた。お母様が好きだったという温室だ。

「ここが我が家の温室です。リアも何回かしか来ていませんね」

「あい」

「どうぞ皆さん、お好きなところでくつろいでください」

その言葉にニコがさっそく温室に走っていく。護衛が慌てたように付いていった。珍しい植物も多いので、むしったりしないか心配なのだろう。

「ここは客室ということにはなっていますが、私の知る限り客が泊まったことはありません。よくお母様とここに来ていたものです」

お母様と来ていたのか。ちょっとうらやましい。

「リアが歩くようになってから、お父様が片付けてしまったお母様の絵も、お母様が好きで使っていた茶器も、また出してきましょうね」

お母様の絵があることも、お母様の好きだった茶器があることも知らなかった。私はやれやれと首を横に振った。

「おとうしゃま……」

「なぜお母様がいないのと、リアに嘆かれるかもしれないことがよほどつらかったんでしょうね」

いい話のように聞こえるが、私はそんなことで感動したり泣いたりしないのだ。だってお父様のやることは、なんとなく姑息なのである。同情の余地はない。

「リアはお母さまがいないの?」

「くりしゅ」

見上げると、私とまだ手をつないでいたクリスが驚いた目でこちらを見ていた。

「クリス、お話ししてあったでしょう」

フェリシアが私を心配そうに見た。子どもは話はされていても興味のないことは覚えていないものである。気の進まないパーティの主役に、母親がいるかどうかなど頭には入ってこないだろう。

「お父さまだけしかいないの？」

確かにお母様はいない。しかし、

「にいしゃまもいましゅ」

立派な兄さまが一人いるのである。私は自慢そうに胸を張った。

「わたしもいるぞ」

ニコが温室から走って戻ってきていた。素早い。

「ひるまはわたしがいつもいっしょだから、わたしはリアのにいさまのようなものだ。そしてルークはリアのにいさまだから、わたしのにいさまのようなものだ。そしてギルはルークのにいさまのようなものだから、わたしとリアのにいさまのようなものなのだぞ」

「ややこしくてわからないわ」

クリスが困っている。確かにややこしい。しかし、ニコの用事はそれではなかったらしい。

「ひとりではしりまわっていてもつまらぬではないか。リアもこい。クリスもきてもかまわないぞ」

だからここは私の家なのだが。まあいい、よし、温室探検だ！　ところが、私が気持ちを切り替えたところに、兄さまが声をかけてきた。

「リア」

「にいしゃま、なあに？」

兄さまに遊びを中断されるのは珍しい。しかし、話はそういうことではなかった。

「まっすぐ行った奥の方に、オレンジがなっていますよ」

「おれんじ！」

貴重な情報に、私たちの目が輝いた。

「よし！　オレンジをとりにいくぞ！」

「いくじょ！」

「しかたないわね」

よく考えたら、うちよりも城の温室の方が豪華で、オレンジだってあるのではないだろうか。しかしそんなことをゆっくり考えていたらオレンジを取りっぱぐれてしまう。私たちは一斉に風のように駆け出した。

「リア様はいつまでたっても足が速くならねえな」

余計な一言を言う護衛を引き連れて。ハンスは他の無口な護衛を見習うべきである。

わざとかどうか、迷路のようになっている温室をそれでもまっすぐ進むと、突き当たりには輝く黄色のオレンジの実がなっていた。すごく高い所になっているわけはないが、子どもの手では届かない。兄さまなら届くだろうかというくらいの高さだ。

「きれいね！　今まで切ったものしか見たことがなかったわ」

三人の中で一番大きなクリスが手を伸ばすが、敵もさるもの、そう簡単に手を届かせてはくれない。

一番動きのいいニコが飛び上がってみるものの、やはり届かない。こうなったら使える物はなんでも使うべきではないか？　私はハンスの方を向いた。

「はんす、だっこ」

「リア様の仰せならいつでも持ち上げますが、リア様、そりゃ反則じゃねえですか」

「むう」

振り返ってみると、ニコもクリスもそれは反則だという顔をしている。それならどうするか？

相談だ。

私たちは頭を寄せ合って考えた。

「きをのぼるのはどうだ」

最近木登りがうまくなったニコが言う。

「えだがほそいでしゅ。おれましゅ」

「だめか」

それならと言う明るい顔をしてクリスが提案したのは、

「メイドにとらせれば」

だった。

「はんそくでしゅ」

さっきハンスに抱えられるのは駄目という目で見たではないか。それなら何か道具を使うしかない。

私はあたりを見回した。

石を投げるか。しかし、きれいに整えられた温室に石などない。それでは棒はどうだろう。あれ、ハンスの後ろ側に、ちょうど植物を支える棒のような物が三本落ちている。

「にこ、あれ！」

「ぼうか！」

少年に棒は危険な取り合わせだが、仕方がない。多少重いが、ニコとクリスは棒を持つことができた。

「ああ、リア様！」

なぜ悲鳴のような声が聞こえるのか。私は棒を持つとオレンジの方に向かおうとした。

「あぶねえ！」

おっとなぜかハンスを叩くところだった。どうやら重くてふらついてしまうようだ。

「一番細い支え棒でも重いのか。幼児はめんどくせえな」

もう一度ふらついた方がいいような気がしてきた。

「はいはい、リア様は危ないので見学な」

不穏な空気を感じたのか、結局私の棒は取り上げられてしまった。それなら仕方ない。私は何をすべきか。

監督だ。私は腕を組んだ。

「組めてねえ」

「くめてましゅ。ほら、あしょこのおおきいおれんじ。ぽん、てちて」

「リア、くちだけではなんともいえるのだ」

棒を持ってふらふらしている二人に指示を出す。ニコが不満そうだが、大きい二人だってふらふらしているのだから、私だってやってもいいのではないか。私も不満そうにハンスを見たが、駄目ですと首を横に振られた。

仕方がないので手を振って応援する。

「りあ、おうえんちてるから！」

「もう、リアったら」

思わず笑いだしたクリスがふらついたところで、その棒がうまくオレンジの枝に当たった。

「ああ！」

とどこかで悲痛な声が聞こえたが、おそらく庭師だろう。葉と共に、いくつかのオレンジが落ちてきた。ニコの棒も大きいオレンジに当たったようだ。

「落ちたわ！」

「おちたぞ！」

落ちたオレンジを三人で拾う。棒を持っていないのに私はなぜ出遅れてしまったのだろう。しかし、皆二個ずつ拾うことができた。

「わたしはちちうえとははうえのぶんだ！」

「じゃありあは、おとうしゃまとにいしゃまのぶん」

クリスが自分のオレンジを見た。お父様とお母様の分はある。では、お姉さまの分はと考えているのだろう。

後ろでハンスがオレンジの枝をそっと揺すった。私は今気がついたというように大きな声を出した。

「あ、くりしゅ、もういっこおちてりゅ！」

「ほんと？」

クリスは振り返ると、落ちていたオレンジをもう一つ大事そうに拾った。

「お父さまとお母さまと姉さまのぶん」

ちゃんとそろってよかった。ハンスが皆の拾ったオレンジを検分してくれた。

「ちょうど食べ頃のようです。リア様、よかったな」

「あい！　もどって、みんなでたべましゅ」

私たちはオレンジを落とさないよう、帰りはゆっくり戻ったのだった。

半分こと半分こ《ルーク》

「フェリシア、子どもたちは放っておいて大丈夫だよ」

「でも、クリスはやんちゃで何をするかわからないところがあるから」

温室に行ったクリスに付いていこうとしたフェリシアをマークが優しく止めている。フェリシアとクリスティンは、私とリアのように、ちょうど一〇歳、いや、一一歳ほど年の離れた姉妹だ。今まで全く興味がなかったので、顔見知り程度だったが、よく考えたらリアの遊び相手にちょうどいい年頃ではないか。

殿下の時と同じ、難しい子どもだと聞いていたが、今のところそれほど問題なく過ごしているし。

しかし私は何もしていないのに、ギルに止められた。

「ルーク、お前もだ。リアは放っておいても大丈夫だよ。護衛もたくさん付いていったし、庭師も見てる」

「しかしリアがオレンジを採るという、そんなかわいい姿を見逃す手はありませんよ」

リアは自分で思っているよりかなりその、動きが悪いので、オレンジが採れなくて困っているに決まっている。そこで優しく、「兄さまが手伝いましょうか」と言って登場するチャンスなのだ。しかしギルが止めてくる。

「それにお前、一応主人だからな。俺たちをもてなせ」

「もてなせって、ギル」

あきれる私にギルはにやりとした。

「ちびどもが戻ってきたら絶対おやつを寄こせと騒ぎ始めるだろ。準備しておこうぜ」

はっと部屋を見ると、ナタリーが筆頭で、軽食とおやつが用意され始めていた。

「パーティではあまり食べられなかったから、ゆっくり腰かけて何かいただこうかな。オールバンス家の料理人は有名だから」

マークの一声でそれぞれ席に落ち着いた。私はそれでも少し温室を気にしていた。

「それにしても、オールバンスの溺愛ぶりは想像以上だな」

マークが少し声にからかいをにじませた。

「あれほど愛らしい妹がいたら、かわいがらずにはいられませんよ」

「そういうことを言うのが一番照れくさい年頃だろうに」

「そんなこと言って遠ざけていたら、リアはあっという間に大きくなってしまいますからね」

くすくすと笑うマークに私は力説した。すでに半年以上離れて過ごしたのだ。これ以上無駄にしたくない。

「うちのお母様もそれに気がついてくれればいいのだけれど。クリスもあっという間に大きくなってしまうわ」

フェリシアがその優しい顔を曇らせた。私たちは何とも言えなかった。

レミントンは四侯の瞳を持つフェリシアが生まれ、その瞳どおり大きな魔力を持つことがわかると、それで次代には何の憂いもなくなった。当代のアンジェ様のように、女性が当主でも、結界を維持できるだけの魔力が注げればそれでいいのだから。

しかしうちと同じく、二人目の子どもが生まれた。兄弟が何人生まれても四侯の瞳を持つ者は普通一人しか出ない。だから、二人目の子どもが何色の目でも構わないはずだった。むしろ翡翠の瞳が出たら跡目争いが起き、困ったことになっていたかもしれない。

幸い、生まれた子どもの目は父親似だった。本来なら跡継ぎの重圧もなく愛を注がれるうらやましい立場である。しかしアンジェ様は、クリスの瞳の色が父親似だと知ると興味を失い、その子どもは放置され、わがままに育っているという噂だ。

そういう意味では、アンジェ様はうちのお父様に似ているのかもしれない。愛するお父様だが、幼い頃にリアを放っておいて平気だったように、完璧な人ではない。むしろ何か欠けたところのある人だというのは最近わかってきた。

だが私がリアの側にいるように、クリスの側にはフェリシアがいる。これは大きいことだ。

心の中ではあれこれ思い巡らせてはいたが、現実に目を向ければこのように四侯の子どもが集まったのは初めてのことだ。案外気負いなく皆で談笑していると、小さい子どもたちが走って戻ってきた。

「にいしゃま！　おれんじ！」

大きな果物を二つ両手で抱えてよちよち歩いてくるリアのなんと愛らしいことか。おっと、すたすた歩いているとも。

「ひとちゅはにいしゃまにー、ひとちゅはおとうしゃまにー」

そう言ってオレンジを一つずつ手渡してくれる。

「それではリアのオレンジはありませんよ？」

私の言葉を聞いて、ニコ殿下とクリスがハッとして手元のオレンジを見たのがおかしい。みんな自分の分を考えていなかったようだ。

しかしリアにとっては何の問題もないようだ。

「にいしゃまのおれんじ、りあとはんぶんこ。なかよち」

「リアとはんぶんこ、いいですね」

「おとうしゃまのおれんじも、りあとはんぶんこ」

「それはまた……」

そうしたらリアだけ丸々一個分のオレンジを食べられるというわけである。くいしんぼのリアらしい、かわいい考え方だ。

「リア、おまえ、それはいいかんがえだな」

「なかなかやるわね」

ニコ殿下とクリスが感心している。しかし、部屋の他の面々はある者はうつむき、ある者はお腹を押さえ、大変苦しそうである。リアが胸を張る。

「とうぜんでしゅ！　りあがとりまちた」

「いや、リアはひろっただけ……」

すかさずニコ殿下が何かを言いかけるが、リアがさえぎった。

「おうえんちてまちた！」

なるほど、どうやってオレンジを採ったのか目に浮かぶようだ。珍しくはあるが、温室を持つ家ならどこでも食べられる果物であり、町でも売っている。おそらく皆自分の家でもよく食べているだろうに、自分で採ったものは格別なのだろう。

「オレンジは後でお父様と一緒にいただきましょう。さ、ナタリーがおやつを用意してくれましたよ」

「おやちゅだ！　にこ！　くりしゅ！」

リアの目の色が変わって、殿下とクリスを誘ってさっそく席についている。

「ねえ、ルーク」

「なんでしょう、フェリシア」

「リアはニコラス殿下の遊び相手だというけれど、実際のところどうなのかしら」

おしゃべりしながらおやつを食べている三人を見ながらフェリシアが私に聞いてきた。

「午前中は一緒にお勉強、昼は別々、午後は遊び相手、という感じですね。毎日楽しそうに城に通っていますよ」

「ちゃんと勉強しているのね」

気になっていたのはそこなのか。

「私とギルも週一回ですが、先生として通っています」

「通っているとは聞いたけれど、先生？　何を教えているの？」

「魔力操作です」

このくらいは言ってもいいだろう。

「そうなの。魔力操作を教えているのね」

そう確認しながらも、フェリシアは何かそわそわしている。

「オールバンスは王家に取り入ったりする貴族ではないわよね。むしろ距離を置いているくらいだもの」

おっと、微妙な話題が出てしまった。大人たちの思惑は、私たちには関わりのないことだ。いや、むしろ関わらないほうがいいことだと言える。

「王家に少し近づきたいのは、レミントンくらいだね」

マークが小さい子どもたちに聞こえないようにさりげなくそう言った。さりげないとはいえ、フェリシアにとっては皮肉でもある。よく口にしたものだとある意味感心する。

もっともお父様がいたら、

「レミントンは王家に近づいて何とするのだ。うっとうしいだけではないか」

と切り捨ててしまっただろう。

しかしフェリシアは、皮肉とは受け取らなかったようだ。

「お母様は、王家に近づきたがらなかったオールバンスが、娘を殿下の遊び相手として差し出したことに少し焦っているようなの」

「差し出してはおりません。しぶしぶとです。理由は、リアが一人屋敷にいるより楽しいだろうからという一点のみですよ」

一応静かに訂正しておいた。

「そうだったのね。でも今大切なのは、その誤解と言うか、お母様の思い込みなの。お母様の焦っている気持ちを利用して、クリスを殿下の遊び相手に押し込めないかと思って」

私とマーク、それにギルも驚いてフェリシアを見た。アンジェ様はともかく、野心などかけらもなさそうなフェリシアの言うことだとは思えなかったからだ。

フェリシアは私たちの視線に気づくと、少し慌てたように首を横に振った。

「違うの。私だってクリスを王家に差し出したりしない。お母様はともかく、私も王家に近づいて何の意味があるのと思っているわ。四侯は四侯。それぞれがバラバラにいるからこそ、権力が集中しなくていいんだわ」

私は少しフェリシアを見直した。

「私もそろそろお母様について城に行くことも多くなってきたでしょう。そうすると、クリスがうちに一人になってしまうの。使用人の子どもとでは対等ではないし、クリスにはっきりと物を言える子なんて一人もいないのよ。ましてメイドや護衛は……」

それはそうだろうと思う。

「しかも、どちらかというと寂しい思いをしているし、私が城に来ている時だけでも、一緒に連れてこられないかしらと思って。そろそろクリスには淑女の作法を教えなければと思っていたし、私も礼儀作法の先生として参加しては駄目かしら……」

フェリシアはひたすらクリスを心配している。

「そうすればお母様にも都合がいいし。そうね、お母様に提案してみましょう」

明るい顔になったフェリシアに、しかしマークが水を差すようなことを言う。

「リスバーンがオールバンスに追従しているると見られているのはともかくとして、オールバンス、リスバーンに続き、レミントンまで王家と近しくなろうとしていると思われたら、他の貴族が不安に思うことは確かだろうね」

「それは考えすぎではないですか」

ギルがマークに考えすぎを指摘している。リスバーンがオールバンスに追従という部分は否定しなくていいのだろうか。同格のモールゼイと言えど、使っていて気持ちのいい言葉ではないだろうに。

しかしギルはマークに、

「俺は、それに父様は、いいと思っているからオールバンスのやることに賛成するのだし、反対だと思ったら止めていますよ。それで取りやめになったことは表には出ないから、追従などという言葉が出てくるのだと思うけど、風評を恐れて、すべきこと、やりたいことをできないのはおかしいと俺は思います」

そう言い切った。

「リスバーンの次代は心が強いな」

「マーク、冗談にするには重い話ですよ」

ギルはこのようにまじめな時もあるのである。リアに教えてあげたい。いや、別にギルのことをよく思わなくてもいいか。

「では、私もフェリシアの後押しをしようか」

何が「では」なのか。マークは突然そんなことを言いだして私たちを戸惑わせた。

「私も先生として参加しよう。何を教えたらいいかな」

マークは何か考えながらおやつを食べている子どもたちを眺めているが、先ほど、四侯が王家に近づくと貴族がどうとか言ってはいなかったか。

「マーク」

「ほかの貴族が不満に思うだろうねと言っただけで、不満に思わせてはいけないとは言っていないよ。不満に思いたいなら思うがいいさ」

とがめるようなギルに、マークは淡々と答えた。

「四侯の権力を削りたいなら削ればいいとさえ私は思っているよ。そもそも、我々の仕事は多すぎるんだよ。結界の魔石の魔力の補充は四侯しかできない。百歩譲ってそれは仕方ないとする。しかし、内政、外政、そういったところまで私たちが中心でやる必要はあるだろうか。むしろそれは、我々から切り離すべきものではないのか」

これはとても難しい問題だと私は思う。政治に関わっているからこそ、この国を大切に思い、捨てられないという気持ちが生じる。自分に権力があるということも気分のよいものだ。歴代の四侯はそうして国に囲われてきたのだろう。

しかし、お父様のように自由になりたいと思う者もいる。レミントンのように、もう少し政治に関わりたいと思う者もいる。

お父様に代わってオールバンスの当主になるのはまだまだ先の話だけれど、四侯の跡取りはこうして皆悩んできたのだろうか。その結果がこんながんじがらめな世界では笑うに笑えないけれど。

「にいしゃま、ギル、おやちゅ」

物思いをリアの愛らしい声が破る。ふとテーブルを見るとだいぶ軽食や菓子が減っている。楽しくていつも以上に食べてしまい、慌てて私に声をかけたというわけだ。

「私たちは、リアたちがオレンジを採りに行っている間に少し食べたのですよ。気にせず食べていいですからね」

「あい！　でも、もうおなかいっぱい」

お腹をなでるリアのなんとかわいらしいことか。今さわってみたらぽんぽんだろうなと思う。

「ではそろそろお披露目の会場に戻りますか」

私の声と共に、皆が立ち上がった。子どもたちも満足したようで、改めてオレンジを抱えなおしている。ちなみにリアは私に持たせたので自分は手ぶらである。ちゃっかりしている。

しかし、いつも以上に動いたのにお昼寝の時間を過ぎてしまったリアは、歩いているうちに眠くてふらふらになり、ハンスが抱え上げたらことりと寝てしまった。

「あーあー、リア様、いつもより頑張ったほうだよな」

ハンスがリアをナタリーに手渡しながらそう言った。ハンスは護衛だから一応手を空けておかなければならないらしい。

「うむ。いつもならもっとはやくねむっている」

「わたしはもうおひるねなんてしないわ」

「クリスはごさいだからリアとくらべてもしかたがないぞ」

「なによ」

殿下とクリスは、リアがいなくてもなかなかうまくいっているようだ。フェリシアが安心したようにほっと息を吐いている。

リアは二歳だが、お披露目なんて主役がいないまま盛り上がって解散だ。もう一人の主役の私がうまく立ち回って、なかなか帰らない客を帰し、お披露目は終わった。

その時になってようやっとやってきたのがおじいさまだ。

「ルーク！　遅くなってすまない。一二歳の誕生日おめでとう！」

「おじいさま！　リアは待ちくたびれてお昼寝してしまいましたよ！」

「まあ、リアは起きたら会えるだろう」

本当はリアに会いたくて仕方がないのかもしれないけれど、血のつながっていない私もこうしてかわいがってくれる。私のことをぎゅっと強く抱きしめると、肩をつかんで顔を覗き込んだ。

「夏からこっち大きくなったなあ。しかしなんだ、この細い手は。少し剣をさぼっているのではないか」

なぜばれたのだろう。ギルに言われてからまじめに練習するようになったけれど、さぼっていたことがあるのは確かなので、思わずぎくりとした顔をすると、おじいさまは、

「せっかく新しい剣をプレゼントに持って来たのになあ」

ともったいぶる。北部はよい剣の産地なのである。

「ちょっとさぼってたけど、今はちゃんとやってます！　剣は！　どこ？」

「ははは！　ほうら」

「やった！」

供の者がこっそり隠していた剣を渡された。すぐに振ってみたいけれど、重さだけ楽しんで、私はおじいさまの手を引っ張った。

「さ、寝ているリアを見に行きましょう。寝ていてもかわいいから」

「そうなのか」

「そもそもどうして遅くなったのですか?」

「リア用にとラグ竜を連れて来たのだが、これが言うことを聞かなくてな」

それは危ない。

「リアはその、ちょっと動きが鈍いから、乱暴なラグ竜は危ないかもです」

「まあ、会わせてみれば相性もわかるだろう」

危なければリアには駄目だと思いながら、私は早く早くとおじいさまを二階にせかすのだった。早くリアに会わせたかったから。

◆

どうやら私は、オレンジを採りに行った後お昼寝をしていたようで、気がつくと自分の部屋のベッドにいた。屋敷はしんとしているので、お披露目は主役不在でも無事に終わったようだ。

城で過ごしている時は、お昼寝が終わるのをニコが待ち構えているのだが、今側にいないということは今日はもう帰ったのだろう。オレンジを採るのは面白かったが、たくさんの人に会うのはやはり疲れた。

オレンジと言えば、今度ラグ竜を連れてきて、ラグ竜の頭に乗って手を伸ばしたら採れるのではないか。そんなことをぼんやり考えていると、ナタリーが温かいタオルで顔を拭いてくれた。

「ありがと、なたりー」

「リア」

「にいしゃま！」

兄さまが側にいたらしい。声をする方にくるりと向くと、そこにはもう一人知らない人がいた。がっしりした体、少し白いものの走る茶色の髪、日焼けした顔にしわ、そして茶色の瞳。その人は思わずというようにぽつりとつぶやいた。

「クレア……」

クレア。お母様のことだ。そう思う間もなく、私はその人に抱きしめられていた。人見知りする暇もない。もっとも私はほとんど人見知りはしないのだけれど。

お日様の気配、古い革のにおい、そしてかすかにラグ竜のにおいもする。

「この目の形も、口元も、あちこちはねて言うことを聞かない髪も、いたずらな表情も、クレアの小さい頃そのままではないか……」

そうなのだ。お父様も兄さまも、きれいなまっすぐの髪をしているのに、私の髪だけ言うことを聞かないのだ。

「おじいしゃま？」

思わず口に出したら、返事が雨のように降ってきた。

「そう、そうだよ！　私がおじいさまだよ！　こんな賢い子は見たことないなあ。な、ルーク！」

「そうですよ！　だから早く会わせたかったのに！」

中年と少年がキャッキャしている。

「やれやれ、お義父様、私もずっといたのですよ。リアに会いたいからといってまったく気がつかないとは」

後ろの方でお父様が苦笑している。

「おお、ディーン。よかったな。リアが帰ってきて、本当によかったな！」

「ええ。ええ、本当に！」

二人は私を間に挟んだままがっしりと抱き合っている。狭い狭い。

「こんなにクレアにそっくりなことに気がつかなかったとは、ディーンも案外間が抜けている」

「最初は色しか目に入らなかったのです。それにほっそりとか弱かったクレアに比べるとリアはぷっくりとむちむちとしていて」

何だと！　赤ちゃんがぷっくりしていなかったら、それは不健康ということではないか。

「おとうしゃま……」

人をぱっと見だけで判断するとは、まったく困った人だ。

「大切に思うようになってからは、クレアと似ているかどうかなど考えもしませんでしたな。そういえばルークもダイアナに似ているか？」

ダイアナとは、今日会った兄さまのお母様のことか。あらためて兄さまをじっと見ているお父様に、兄さまもあきれたようだ。

「今頃ですか、お父様。生まれてから一二年もたっているのに」

「すまん」

お父様のポンコツ具合がよくわかるエピソードだろう。これがオールバンス家の外に広まらないでほしいものだ。

「話がずれてしまったが、リーリア、お誕生日おめでとう」

「ありがと」

おじいさまは優しい顔でお祝いを言ってくれたが、そういえば親戚というものに初めて会った気がする。

「辺境で頑張ったいい子には、プレゼントをもって来たぞ！」

「ぷれじぇんと？」

私は首を傾げた。そう言えば、誕生日だけれど誰からもプレゼントはもらっていなかったような気がする。兄さまがそっと教えてくれた。

「いただいたプレゼントはまとめてありますからね。後で見ましょう」

「あい！」

「おじいさまのプレゼントはなあ」

そこで止めるとわくわくしてしまうではないか。

「なんと、ラグ竜だ！」

「わあ！　え？」

ラグ竜？　二歳の女の子に？

「リア専用のラグ竜だぞ！」

「わあ、ありがと」

一応お礼は言ったが、ラグ竜なら牧場にいっぱいいるのだが。それにまだラグ竜に一人で乗ってはいけないと言われているから、微妙と言えば微妙なプレゼントだ。

「ラグ竜は寿命が長いからな。これから大人になってもずっと付き合えるぞ」

「おじいさまの土地はラグ竜の産地なんですよ」

おじいさまと兄さまは気が合うようだ。私はラグ竜には複雑な思い出があるので、この枕元に置いてあるラグ竜のぬいぐるみくらいで十分なのだが。

わたしに会いに来てくれたのはとても嬉しい。そして、どうやらおじいさまと兄さまだけでなくお父様とも気が合うようだ。家の者が気を利かせて夕ご飯をパーティ風にしてテーブルから自由に取れるようにしてくれていたので、四人でにこやかにおしゃべりしながら食事をとった。

「クレアも人見知りをしない子だったが、リアもやはり同じか」

おじいさまが目を細めて私を見た。

「クレアは大人になってからも人懐こくて、この常に不機嫌そうなディーンとも臆せず話していたからなあ」

「面目ありません。あの頃は気持ちが荒れていたようで、不機嫌なことも多く」

おじいさまの、ともすれば批判ともとれる直接的な言葉にも、お父様は不快に思うようでもなく、素直に返事をしていて驚いた。

「いやいや、常に無表情で冷たい男、それがディーンの評判だったぞ。四侯の噂はキングダムの果てにまで聞こえてくるからな」

「それは……」

お父様が絶句するのを見たのは初めてかもしれない。お父様のことだから、知らない人に自分が興味を持たれているかどうかも興味はないし、興味を持ってどうするのかと言いたいところだろう。

ウェスターでさんざん、四侯として人目にさらされた私と兄さまは顔を見合わせて苦笑した。

そして思った。もし自分がお母様で、初めて四侯を見るのだったら、どんな不機嫌な人が来るのかわくわくしただろうなと。私に似ていたというなら、お母様もきっとわくわくして客人を待ったに違いない。

「おかあしゃま、たのちみにちてた、きっと」

「リア！　その通りだとも。さすがにクレアの娘だ。クレアはな、不機嫌で冷たい男とはどのような者か、眉間のしわの数は何本かなどと予想して楽しみにディーンのことを待っていたよ。体が弱くて、あまり出かけたことがなかったから、客が来るのをそれはもう楽しみにしていてなあ」

「それで……」

お父様が何かを思い出したかのように言いよどんだ。なんだろう。お父様は私をちらりと見ると、顔をそらし、なんだか気まずそうに、

「クレアは私のもとに、何が楽しいのかきらきらした目をしてやってきて、『なんだ、しわが一本も

ないのですね』とがっかりした様子だった。まだ若い私に何と失礼な女子かと思ったのが最初の出会いだったのだ」

とつぶやいた。まさか眉間のしわを楽しみにしていたとは、お母様、さすがお父様と結婚した勇者です。

「私と一緒にいたがる女子は多かったが」

それは四侯としてモテていたということですね。

「クレアほど予想のつかぬ女子は見たこともなかった。それにいつも楽しそうで」

それで周りにいる女子とは違うところにペースを乱され、惹かれたというわけですね。なるほど。

「リア、何をニヤニヤしているのだ」

お父様は席を立つと私をさっと抱え上げて、私の髪に顔をうずめた。

「そうだった。クレアもそうして淑女らしからぬ顔でニヤニヤとして」

その後は何を言っているのかもごもごすると、すぐに話題をそらしてしまったが、見えなくなったお父様の顔がどうなっていたのか明日兄さまに聞かなくちゃ。そう思っていたのだが。

次の朝、さっそく牧場に連れて行かれ、プレゼントのラグ竜を見た途端、そんなことは吹き飛んでしまっていた。

「キーエ」

え、子どもなの？

待っていたプレゼントの竜は、驚くほど小さかった。

ラグ竜にももちろん子どもはいて、子どもは群れに大切に守られて伸び伸びと育っている。この牧場にも、預かっている竜同士で子どもも生まれているので、小さめの竜が何頭かいる。よく見ると、その子どもたちよりは大きい。それでも、

「ちいしゃい」

「キーエ」

思わず漏らした私に、ラグ竜はふんと鼻息を噴き出した。小さいのはお前でしょって？　別に私は自分が小さくないとは言っていない。私は腕を組んで仁王立ちすると、ラグ竜とにらみ合った。

「キーーエ」

腕が組めていないって？　失礼な。ちゃんと組めているではないか。それより、そんな小さくて仕事ができるの？

「さっそく仲良しのようだな。本当にオールバンスの者は、ラグ竜と相性が良い」

「あい？」

「キーエ？」

おじいさまの言葉に私もラグ竜も思わず振り向いた。

「ほら、もう気が合っているではないか」

偶然だ。私はプイっと横を向いたら、ラグ竜もプイっと横を向いている。そのラグ竜をなだめるように大きなラグ竜が何頭も体を寄せている。小さい子は大事にしなさいって、ちょっと怒られているようだ。私のところにも何頭かやって来て、優しく鼻でつつかれた。仲良くしなさいって？

「小さめの竜で驚いたかもしれないが、そういう種類なのだよ。北のラグ竜はどちらかというと大きいのだが、数は少ないが小さめの種類もいてな。あまり重い荷物は運べないが、人懐っこくて小回りが利く。女性には人気のラグ竜なのだよ」

そういうわけだったか。小さいとか思って失礼だったかもしれない。私は腕組みを解いた。

「キーエ」

わかればいいのよって？　まあ、ちょっと生意気だけどいいだろう。

「しかしおじいさま。リアにはまだ騎竜は早すぎます。ましてリアは他の子と比べても運動は苦手なのに」

なんだって！　兄さまの言葉に私は衝撃を受けた。

いつの間に他の子と比べられていたというのだろう。同世代は身の回りにいなかったはずだが。

それに苦手と思われているようだが、苦手だからどうだというのだ。体育などないこの世界で、運動の評価など気にしても意味がない。どう思われようと体を動かすのは好きだから、まったく構わないのである。

「そこでこれが登場だ。さ、かごをつけよ！」

おじいさまが得意げに指示を出すと、荷運びに使われる振り分けかごがつけられた。辺境ではこれに乗せられたものだが、さて。少し形が違うようだ。

「本来は荷運び用のかごだが、きちんと椅子型になっていて、この背中の紐に入り込むと体が固定されるという優れものだ。ラグ竜が飛ばしてもかごから落ちることはない。しっかり訓練してあるから大丈夫だぞ」

「騎竜ではなく、かごですか。しかし左右のバランスはどうするのですか」

「バランスをとるよう、足元に置くおもりがいくつか用意してある。また、小さいラグ竜とはいえ、左右のかごに大人が一人ずつ乗っても余裕で運べるぞ」

「ということは」

「例えばルークとリアと二人で竜の散歩ができるというわけだ」

なんと！　兄さまはきらきらした目で私を見た。

今でも兄さまやお父様の前に座らせてもらって一緒に乗ることはあるのだが、それはけっこう大変で長い間乗っていることができないのが欠点だった。

「リア、これは」

「にいしゃま、これは」

「乗りましょう！」

「あい！」

「ちょっと待て」

お父様に止められて、ひとまず安全確認のため、お父様とラグ竜の世話係が乗ってみることになった。小さいラグ竜は正直なところ嫌そうな顔をしていたが、それでも素直にかがんで人を乗せてくれた。

「進め！」

「キーエ」

　ラグ竜はやる気のない声を出すと、それでもとっとっと牧場を走り始めた。お父様が右に左にと手で指示を出しながらあちこち歩かせている。やがて戻ってきた。竜はまったく疲れてはいないようだ。

「見事に訓練されていますね、お義父様」

「そうだろうそうだろう。まあ、ここに来るまではちょっと言うことを聞かないこともあったが、想定の範囲内だ」

　おじいさまは自慢そうだ。だがお父様はまだ少し不安そうにしている。

「しかし、まだ二歳のリアを乗せるには……」

「キーエ」

　馬鹿にしているのかとラグ竜が鼻息を吐く。しかしお父様の言うことももっともである。それならそれでいい作戦がある。

「まじゅ、おとうしゃまとのりゅ」

　お父様は私と一緒という言葉に弱い。案の定、お父様の顔が緩んだ。

「リアと父様か。それならまあ」

「お父様！　それはずるいです！」

　すかさず兄さまから駄目出しが入った。残念。

「しかしルークも一人で乗れるようになったのは去年の夏だしなあ」

　兄さまは悔しそうだが、そう言われて自分が先に乗るのはあきらめたようだ。

「ではお父様が乗って、大丈夫と思ったら私とリアで乗せてください」

「さて、どうしたものか」

私はお父様をじっと見上げた。

「うっ」

さらに一歩近づいてじっと見た。もう一押し。

「おとうしゃま……」

「わかった。とりあえず、一度乗ってみるか」

「あい！」

お父様は、世話係に、ラグ竜に乗って並行して側を走るように指示を出すと、紐の位置を組み変えてまず私を固定した。今は固定してもらったが、紐の位置さえ最初から固定されてあれば、私はここに体を通すだけでいい。

最初から椅子に仕立ててあるかごは、椅子がクッションになっており乗り心地もいい。

隣にお父様が乗りこむ気配がすると、ラグ竜の背を挟んでお父様と目が合った。案外近い。そして楽しい。

「ゆっくり進め」

「キーーエ」

ラグ竜はゆっくりと進み始めた。この感覚は辺境で旅をしていた時と同じだ。竜はとっとっと進み、隣にはたいていミルがいて、前にはアリスターがいた。

「ありしゅた」

元気にしているだろうか。お父様はちらりと私を見ると、ラグ竜に声をかけた。

「走れ」

ラグ竜がぐん、と速くなる。牧場の端があっという間に近づいてくる。柵に沿って大きく曲がる。横に重力がかかる。こんなの辺境でも経験したことがない。

「しゅごーい！」

私はキャッキャッと笑った。風がおでこの毛を後ろに流す。冬の寒い空気が、何もかも吹き飛ばしていく。

ラグ竜はお父様が何も言わなくても、皆の前に来て静かに止まった。

「お父様！」

兄さまが期待を込めた目でお父様を見た。

「うむ。大丈夫そうだ。ルークと乗る時は、駆け足は禁止だが、普通に乗る分には大丈夫だろう」

「やった！」

兄さまが喜んで飛び上がっている。

そして兄さまと乗る竜は楽しかった。おしゃべりもできるのだ。しかし、真冬は寒い。体が冷えすぎないように、一度乗ったらおしまいになった。あとは名付けだろう。

「にいしゃまのりゅう、おなまえは？」

「私の竜ですか？　特にありませんが」

ええ？　なんでと思ったが、そういえば竜が名前で呼ばれているのは聞いたことがなかった。

一応誰かの専用の竜というのはあっても、群れで意識を共有するので、個体にあまり意味はないのだそうだ。だから名前も付けない。そういえばトレントフォースでも個人で竜を持っている人は見たことがなかった。

「どうやってよぶ？」

「竜の世話人に頼めばよい。しかし、おじいさまのプレゼントに合わせて父様が素敵な物を用意したぞ」

「にゃに？」

おっと、油断するとまだ言葉が片言になってしまう。

「なあに？　おとうしゃま」

「言い直さなくてもいいのに。まあいい。ほら」

お父様が手のひらに乗せて差し出した物は、細い金の鎖のついた、小さな笛だった。

「これ……」

「辺境で吹いていただろう。奇妙な音のする、草の笛を」

私はそっとそれを受け取ると、口に当ててみた。

「ふー」

音が出ない。

「もっと強く吹くのだ」

「あい」

そうだ。草の笛だって遠慮していたら音は出ない。私は強く息を吹き込んだ。

「プー」

「キーエ」

「プー、プー」

「キーエ、キーエ」

笛に合わせてラグ竜が鳴く。

「うぇしゅたーのおとがしゅる」

風が吹きわたる。仲間の笑い声がする。

「忘れなくてもいいのだぞ。忘れてもいいが」

お父様が、余計なことまで付け加えて、笛の鎖を首にかけてくれた。

「さみしくないぞ。ラグ竜は、いつでも我らの仲間なのだからな」

「おじいしゃま」

おじいさまも満足そうだ。

こうして友だちと竜が増えたお披露目は無事終わったのだった。

◆

お披露目の次の日はお休みして、おじいさまと兄さまとたくさんラグ竜に乗った。兄さまもおじいさまが来たということで学院をお休みすることができた。

「キーエ」

小さい竜はすっかり群れにもなじんで、他の竜と一緒に走ったり、もっと小さい竜の面倒を見たりしていた。

「りゅう！」

「キーエ」

それでも私が声をかけると、とっとっと走ってきてくれた。

「キーエ」

手を伸ばすと頭を近づけてくるので、大きな頭に手を回す。しかし、別の竜がやってきて、私の体をつつく。

「ははは、リアは竜に好かれているなあ」

おじいさまは笑い飛ばすが、確かに私は竜に好かれているかもしれない。しかし、私をつついた竜は、意味ありげに私を見ている。私ははっと気づいて竜の笛を出した。

「キーエ」

わかってるじゃない、と竜は言った。

「ぷーってしゅる？」

「キーエ」

「プー、プー」

「キーエ、キーエ」

竜たちは嬉しそうに鳴くと、元気に走り回った。

「なぜその笛に反応するんだろうなあ」

おじいさまは顎に手をやって不思議そうにしている。

「かぜのおとに、にてましゅ」

「風か。思い出すのかもなあ、広い草原を」

「キーエ」

ラグ竜が何を考えているのかは本当はわからないけれど、少なくとも楽しそうだから、いいのである。

お父様に、かごに乗っての駆け足は子どもだけではいけないと言われていたが、駆け足でなく軽く走るならいいだろうとおじいさまが言うので、私と兄さまはけっこうなスピードで牧場を走り回ることができた。

「リア、今度学院の長いお休みの時に、おじいさまのところに遊びに行きませんか」

「いく！」

兄さまの提案に大喜びの私に、おじいさまも嬉しそうだ。

「おお、来い来い」

「前回は移動と剣の訓練に必死で楽しむ間もありませんでしたが、ゆっくり滞在して竜で遠乗りもいいですね」

兄さまがおじいさまのところに行ったのは聞いているが、そんなにハードな生活を送っていたとは知らなかった。

「でも、ありしゅたにも」

「え？」

「ばーとにも、みりゅにもあいたい」

アリスターやバートとは、この間別れたばかりだ。それにアリスターは、貴族としての勉強をさせられて今とても忙しいと思う。でも、会いたいと思うくらいはいいだろう。

「あいつらは放っておいてもきっと会いに来るでしょうよ」

あいつらとは、兄さまらしくない言い方だ。

「会いに来るとしても、やっぱり長いお休みにでしょう。それにあらかじめ連絡があると思いますよ。だからお父様に相談して、まずはおじいさまのところ。それからウェスターにと考えましょうか」

「あい！」

旅の予定ができた。

「ところで、おじいさまはいつまでいられるのですか？」

「そう、実はな」

兄さまの質問に、おじいさまは私を抱っこしてから牧場の方に目をやった。

「ルークは聞いているだろうか。アルバート殿下に、ファーランドの貴族から婚約の打診が来ていることを」

「アルバート殿下ですね。はい、噂は知っています。ですが今まで他国から王家に嫁いだ人はいなかったので、おそらく決まらないだろうとも聞いています」

アルバート殿下とは誰だろうか。殿下と言うからには王族だろうとは思うのだが。私はおじいさまに抱かれ、牧場とラグ竜を眺めながら静かに話を聞いていた。

「第二王子ですよ、リア。つまり、ニコのおじさまに当たります」

「おじしゃま」

「二〇歳くらいですから、そうですね、モールゼイのマーカスと同じくらいです」

モールゼイというのは、冬の空のような色が素敵な四侯だとメイドたちが噂をしていたっけ。たしかパーティにも来ていて、一人がハルおじさま。そして、若い人の方が、

「まーく。はいいろのおにいしゃま」

そう言ったような気がした。

「そうなんですが、そうなんですが」

兄さまが珍しく苛立ったような言い方をした。どうしたんだろう。

「兄さまと呼ぶのは私だけでいいのですよ。マークはおじさまで十分です。ええ、十分ですとも」

「ええ、ばーととおなじくりゃい」

「バートと？　ではバートもおじさまです」

そんな強引な。おじいさまが私を抱きながらわははと笑っていて、不安定なことこの上ない。

「リアにはおじいさまは一人だけだものなあ。いくらでも呼んでいいぞ」

「おじいしゃま」

「なんだい、リア」

二人でふふっと笑う。おじいさまとは気が合うような気がする。

「もう、そうじゃないですよ、おじいさま。おじいさまはいつまでいられるのかという話をしていたのに」

「ハハハ、そうだった」

兄さまに応えて、おじいさまは抱っこに飽きてきた私を下ろし、ずれた話をもとに戻した。

「ファーランド側の強い押しで、結局、顔合わせだけでもしてみようという話になってな」

「ファーランドが……」

兄さまは眉をひそめた。私は、地面に座り込んで、冬の枯草に交じっている何かの綿毛を集めながらそれを聞いていた。

「ファーランドだけとつながりを持てば、ウェスターとイースターも黙ってはいないはず。見合い相手を、あえて王族を外して普通の貴族にしてきたのでしょうが、陛下はどういうおつもりなのでしょう」

兄さまは時々一二歳とは思えないことを言う。

「案外、本当に単なる見合いかもしれないぞ」

「思惑などない、ということですか？」

兄さまは聞き返した。

「ランバート殿下は、たまたまそれほど身分の高くない貴族から、好きな女性を見つけられたが、あちこち国内を見回っているアルバート殿下にそんな機会はないだろうし。国内の有力な貴族とはかえって結びつきを作りたくないだろうからな」

「それならばウェスターの貴族とも、イースターの貴族とも見合いをしようという話になってかえって面倒なことになるかもしれないのに」

「まあ、つまり、王族は四侯と同じくキングダムからは出られない。相手のお嬢さんをキングダムの王都まで招いてしまうと、既成事実となりかねない。というわけで、北のネヴィルの領地でお見合いということになるのさ」

つまり、おじいさまは。

「おうじ、ちゅれていくの？」

「そういうことだな。面倒だが」

余計な一言はオールバンスだけではないようだ。

「もちろん、リアに会うのが一番の目的だったぞ」

「あい！」

できることはまとめてしたほうがいいので、ついでに会いに来るのでまったく問題はない。

「アルバート殿下は、こないだまで南の方の視察に行っていたと思うのだが、そろそろ帰ってくるはずだから、そうしたらいっしょに北の領地に戻る。それまではまあ、ここでお世話になるのさ」

それで、ニコと一緒にいてもアルバート殿下という人に会ったことがなかったのだなと思い至った。

それならばおじいさまが長くいられるように、王子はゆっくり帰ってきたらいいのになと、その時は私は他人事のように考えていた。

第一章

新しい友だち

お披露目が落ち着いたので、兄さまは泣く泣く学院の寮に戻り、私がお城に向かう日々が戻ってきた。違いと言えばおじいさまが毎日ニコニコと見送りに出てきてくれることだ。

小さい竜はどうなったかって？

確かに竜に乗って街中を移動したら楽しいだろう。だが、竜に乗るなら反対側のかごにはナタリーが乗ることになる。そうすると、お父様は馬車で着いてくることになる。それではせっかくの城通勤に娘と楽しく過ごせないと、これはお父様が拒否した。

あるいは、お父様がかごの反対側に乗ることにしたとしよう。すると、ナタリーと護衛が馬車に乗ることになり、これもおかしい。お父様はそれでもいいようだったが、これは断固として執事のジュードが反対した。

「四侯の当主がかごに乗って外を出歩くなどと！　リーリア様がかわいいのはわかりますが、当主としての自覚を持っていただかないと」

当然のようにかごに乗り込もうとするお父様にこう言ったジュードのこめかみは引きつっていたように思う。

「わかったわかった」

お父様は自分でもどうかと思っていたらしく、あっさり引いてくれてよかった。そういうわけで、小さい竜は牧場に戻されたのだが、なんの不満もなく楽しそうに戻って行ったのがなんだか腹が立つ。まあ、城に行っても城の牧場に放されるだけなので、竜にとってはどちらでもよいのだろう。

私としてはニコに自慢したかったのだが、それは機会があればということでいい。

お披露目もおじいさまと会うのも楽しかったが、普段の一日に戻れるのは嬉しい。うきうきして竜車でニコのところまで行くと、そこには見慣れない、けれども立派な竜車が一台、既に来て停まっていた。

「あれは、レミントンの竜車ですね」

ナタリーが一目見てそう言った。

「れみんとん？」

「こないだお披露目にいらしていましたよ。ご当主のアンジェリーク様、お姉さまのフェリシア様、そしてオレンジを一緒に採ったクリスティン様でございます」

レミントンが誰かわからなかったわけではない。なぜレミントンがここにいるかがわからなかっただけなのである。だが、ナタリーの言葉でなんとなくピンときた。

「くりしゅちん！」

「クリスって言ってるのに！」

ナタリーと話している間に、クリスがやってきていた。後ろにフェリシアが困った顔で立っている。

「人の竜車を勝手に覗いてはいけませんと言っているのに……」

「だってリアがすぐにおりてこないから」

その言い方がクリスらしい。

「リアよりさきにわたしのところにくるべきだろう」

「にこ！」

何日かぶりの再会だ。

「うむ。リア、こないだのおれんじのけん、れいをいう。ことのほかはははうえがよろこんでな」

「おかあしゃまが。にこ、よかった」

そんなものわざわざとってこなくても城の温室から持ってこさせればいいと言われる可能性もあった。喜んでくれてよかった。

「うちだって、お父さまがとてもよろこんでくれたのよ。頭をなでてくれて」

「あたま！　しょれはいいものでしゅ」

私だって頭をなでられたら嬉しい。

「クリス。殿下を見習いましょう。お父様がどうかはともかく、まずお礼を言うのが先です」

「姉さま、だって」

「だってではありません。ここには礼儀作法も含めて勉強するという約束で来ているのですよ」

クリスは不満そうに口を尖らせたが、案外素直にこちらを向いて、お礼を言った。

「リア、オレンジありがとう」

「どういたちまちて」

私も一応礼儀正しく返した。しかし、良く考えたら特に私のオレンジというわけではなかったので、お礼を言われるのもおかしな気分だ。

「くりしゅ、くりしゅもおべんきょうに？」

「そうなの。小さいニコでんかとリアがちゃんとべんきょうできているなら、わたしもまざってもだいじょうぶだろうって言ってもらったの」

「ちゃんとおべんきょうできてましゅよ」

私は心持ち胸をそらせた。

「このことについては、リアのいうとおりだ」

ニコも胸をそらせた。

「なんだ、ほんとにべんきょうしてるの」

クリスはなぜかがっかりしている。だが、日遊ぶだけというのも案外つまらないものなのだ。

「クリス！」

フェリシアが心配そうに手を揉んでいる。兄さまより心配性である。私はニコと顔を見合わせ、二人で頷いた。面倒くさいからさっさと連れて行くに限る。

「さあ」

「しゃあ」

両側からクリスに手を出す。

「な、なに？」

「「て」」

「こう？」

クリスが両手を伸ばしたので、片方をニコが、もう片方を私が手をつないだ。

「さ、いきましゅ」

「む、リア、わたしのとしょしつだぞ。わたしがかけごえをかけるべきではないのか」

「じゃあ、どうじょ」

「それはそれではらがたつ」

この言い方、なんだかヒュー王子を思い出しておかしくなった。

「よち、しゅっぱちゅ！」

「けっきょくリアがいっているではないか」

クリスが戸惑っている間に、図書室へ連れていく。

「ああ、クリス！」

フェリシアの声が後ろの方でしたが、放っておく。

「あの、フェリシアお嬢様」

「え？　あら、あなた、見かけたことがあるわ」

「以前、レミントンのお屋敷でお嬢様付きのメイドをしておりましたので」

ナタリーが話しかけている。用がある場合メイドが話しかけても別に無礼には当たらない。フェリシアはレミントンに勤めていたから見覚えがあるのかという顔をした。

「あの、クリスティン様はリーリア様とニコラス殿下にお任せして大丈夫かと思います」

「まあ。本当はあの子が面倒を見る立場なのに」

「オッズ先生も、他の大人もおりますし」

ナタリーが安心させるように力強く頷いた。しかしフェリシアはまだ心配している。

「お前、クリスティンに付いていたのなら、あの子が難しい子なのを知っているでしょう」

「はい」

ナタリー、遠慮がないな。

「でも、お任せしましょう。フェリシア様。政務のお時間では？」

「いけない！　戻らないと！　お昼にはまた来るわ」

慌ただしくフェリシアが去っていく気配がした。後ろでその気配をつかみながら、私はクリスを見上げてみた。大丈夫だ。初めての部屋をあちこち見るので忙しそうで、フェリシアがいなくなったのに気づいていない。

「ちゅぎにかいだんをのぼりましゅ」

階段は手をつないで上がるのは危ないので、階段の下で手を離した。

「にかいだぞ」

先に行く二人を眺めながら、私は確実に階段を上っていく。クリスが階段の上で心配そうに私の方を振り返った。そして私の後ろをちらっと見た。

「リア様がいくら鈍くても階段から落ちたりしませんよ」

ハンスが後ろで安心させるように声を出した。失礼な。鈍いからこそ慎重で怪我などしないのである。いや、鈍くはないけれども。

そうしてやっと三人で図書室に入った。

「広い……」

思わずクリスがつぶやくほど、ニコの家の図書室は広い。城には別に図書室があるらしいが、ここは完全に王家の個人の図書室なのだ。窓の下に小さいベッドも置いてある。もっとも、これは私のお昼寝用のベッドなのだが。

そして黒板の前には今度は三つきちんと机が並べてあり、オッズ先生が待ち構えていた。しかしオッズ先生がなにか言う前に、ニコが腕を組んで黒板の前に立った。

おや、先輩気取りである。

では私も。

「くりしゅはしゅわって」

「ここ?」

「あい、しょこでしゅ」

私はクリスを椅子に座らせると、ニコの隣に立って腕を組んだ。私も先輩だからね。

「くめてないぞ」

「くめてましゅ」

ニコは一言多いのが欠点である。

「では、クリスがどのくらいべんきょうができるか、まずはしけんだ」

「ちけんでしゅ」

「殿下。リーリア様……」

オッズ先生があきれているが、ちょっとだけ待っててね。

「な、なによ。わたしは五さいなのよ。ニコでんかよりできるにきまってるじゃない。ましてリアなんて」

クリスがあきれたように言った。しかしニコはそれを無視した。

「では、あいうえおをじゅんにかいてみるのだ」

「いやよ」

「かいてみるのだ」

テーブルの上の紙と鉛筆を指さした。

「もう。かけばいいんでしょ。なんでそんな小さい子のやることを……」

クリスはぶつぶつ言ったが、書き始めた。

「あ、い、う。ほら、ぜんぜんだいじょうぶ。え、お、と」

「まった」

「なに?」

「え、はむきがちがっているではないか」

「どっちだっていいじゃない!」

苛立つクリスに、ニコは両手を広げて、肩をすくめて見せた。

欧米か。

私は心の中で突っ込んだ。隣のオッズ先生を見上げると、口の端がぴくぴくしている。わかる。わかるよ。こないだまでニコだってわかっていなかったよね。

「まちがえるのはちいさなこだけだ。そういうところもちゃんとかかなければならぬ」

「なんですって！」

おっとまずい。クリスが机をひっくり返しそうだ。クリスに付いてきたメイドも護衛も警戒態勢に入った。

「あーい、では、これからゲームをちましゅ」

そこに私の間抜けな声が割って入った。違った。かわいい声だ。

「ゲーム？」

「ゲーム？」

二人が同時に振り向いた。

「なじゅけて、『ほんもののえをしゃがせ』でしゅ」

「リーリア様、それはどんなゲームですか？」

このゲームを素早くやるには、今質問してきたオッズ先生の力が必要である。

「ゆかに、いっぱい、『え』のかみをおきましゅ」

「ほう。リーリア様がやっつけたやつのようにですか？」

こちらがほう、である。出会った時のことなのに、オッズ先生もよく覚えているものだ。

「まちがった『え』のなかに、ほんものの『え』をまじぇましゅ」

「わかったぞ！」

ニコが叫んだ。

「ほんものの『え』をはやくとったものがかちだな！」

「そうでしゅ！」

正解だ。私はオッズ先生にねだった。

「ほんものの『え』と、まちがった『え』を、たくしゃんかいてくだしゃい」

「そういうことですか。まあ、いいでしょう」

私たちだと書くのに時間がかかる。オッズ先生にも書いてもらうのだ。

「そのあいだ、くりしゅはにがてなじ、しゃがちて」

「にがてな字なんてないもの」

「くりしゅ。それがちゅぎのげーむでしゅ」

ゲームが一回きりではないかもと思ったクリスは期待でそわそわしだした。

「……しかたないわね」

「わたしがかくにんしよう」

「えらそうだわ」

ニコに反発するクリスだったが、けっこう苦手な字があった。

「読むのにはこまらないもの。どうだっていいじゃない」

そういう主義のようだ。五歳なら、まだそれでもいいのかもしれない。でも、せっかく王子がきちんとできているのに、勉強相手がこれでは困るではないか。

私はどうかって？　もちろん、読むことはできる。しかし、書くのは苦手だ。だが、手がまだ思うように動かないので、無理に書こうとは思わない。もちろん、字を書く練習はしているが、どちらかというと絵を描いていることが多い。そうしているうちに、字も上手に書けるようになるだろう。ニコもオッズ先生もそれでいいのではないかと言ってくれているし。

オッズ先生は、私がしたいと言ったゲームをすぐ理解してくれた。

「正しい『え』と、そうでない『え』を混ぜて地面においていけばいいのですね」

「あい」

そうして並んだ紙を三人でワクワクしながら見る。正しい「え」は三枚入っている。

「では、これが間違った『え』こちらが正しい『え』です。正しい『え』を見つけましょう。では、始め！」

しゅっと風のようにニコが飛び出していくと、あっという間に二枚取り、一瞬迷いながらもクリスが正しいものを一枚取った。

二人とも誇らしげにオッズ先生に紙を見せている。

「クリスティン様、『え』の最後の線はどちらの手の方に引きますか」

「ええと、オレンジをとる手」

「オレンジ？　なぜオレンジなのですか？　まあ、いいでしょう。その通りですね。オレンジを採る手と覚えてみましょう。では、一度書いてみて、またやりましょうか」

「はい！」

クリスが素直に返事をして、さらさらと「え」を書いている。クリスも嬉しそうだが、オッズ先生にも感心した。以前と比べると、ちゃんと工夫しているではないか。

それにしても。私はおかしいなと思った。どうやら私は、二歩くらいしか動いていないのだ。正解の「え」の場所はすぐにわかったのだが。

「リア……」

気の毒そうに見るくらいなら、ニコも一枚残しておいてくれたらよかったのでないか？

しかしこのままでは、いっこうにゲームに参加できない。こうなったら。

「るーるをかえましゅ」

「リア、ずるくないか」

「ずるくないでしゅ！　にまいとるほうがずるいでしゅ！」

ニコは両手に持った二枚を見て、一枚くれた。違うのだ。

私はどんどんと足を踏み鳴らした。

「じぶんで！　じぶんでちたい！」

「お、おお、そうか」

ニコが困ったように頭をなでてくれる。それはそれでよいが、これは戦いである。

「とりゅのは、ひとりいちまい！　おっずしぇんしぇいにもっていったひとがかち！」

ニコとクリスがちょっと考えている。

「それならまあ」

「いいかもね」

「しょれで！」

ふんと鼻息を吐いた。今度はナタリーたちにも手伝ってもらって、紙を置き直してもらう。

「では、二回戦！　始め！」

オッズ先生の声と共に、ニコが向こう側に走り出し、一番奥の「え」を取って、先生に見せに行った。次にクリスである。私はその間に、悠々と一番近い「え」を確保し、最後に先生に見せに行った。

「はい、リーリア様も合格です」

「あい！」

私はその紙をナタリーにも見せにいった。

「リア様、今度は取れてよかったですね！」

「あい！」

満足である。次はハンスだ。

「よかったなあ、ちゃんと取れて」

「あい！」

当然である。私は胸を張った。

このようにして、だんだんとクリスが五歳児の力を発揮してニコとせりあいながら、午前中は走り回って終わった。私はいつも最後だったが、大変楽しかった。

お昼になると、お父様とフェリシアが迎えに来た。お昼は家族と食べるのだ。

紙が散らかったままの床を見て倒れそうなフェリシアが、ちょっと面白かった。仕方ない、片付けもしなくては。それも遊びにしてしまおう。

「しょれでは、しゃいごに、かみをたくしゃんあちゅめたら、かち！」

「始め！」

オッズ先生がいい感じに声をかけてくれたので、ニコとクリスは条件反射のように動き始めた。私も拾おう。一枚、二枚、三枚。拾った紙が一枚落ちたので、もう一枚。

あれ？　もう落ちてないぞ？　私はきょろきょろした。

「リア、おまえ……」

「リアったら……」

「ブッフォ」

どうやらニコとクリスが残りを集めたらしい。思わず噴き出したのはハンスだと思うが、お父様もなんとなく微妙な顔をしているのはなぜか。

「はあ、たいへんだった」

そう言ってオッズ先生に手渡したら、オッズ先生はとてもいい笑顔で、

「リーリア様、よく頑張りました」

とほめてくれた。オッズ先生はなかなかわかる人になってきた。それぞれお昼に向かい、戻ってきた時には私は既に疲れて眠っていたようで、なんで寝てしまうのかと後でクリスに怒られた。解せぬ。

そうして案外あっさりと、クリスは王子の勉強相手として来ることが決まった。

ただし、フェリシアが城に来る日だけだ。フェリシアは正確にはまだ政務に携わっているわけでは

ない。当主のアンジェリークについて、政務の仕方を学び始めたところだ。また、学院の最終学年なので、三月の卒業に向けてまだ学院でしなければいけないことも残っているという。

そのため、フェリシアが城に来ない日もある。そんな日はクリスも来ない。

それならお父様と同じようにレミントンの当主が連れてくれればいいとも思うが、どうやら行き帰りと昼の相手が面倒という、なんともいえない理由で連れてこないらしい。

では、幼稚園や保育園のように昼は子どもで、と一瞬思ったが、ニコにしろ、私にしろ、家族がお昼を一緒に食べるのを楽しみにしているのだから、それも大事にするべきだろうと思う。

そんなに忙しくてもフェリシアは週一回は礼儀作法の先生として来るのだと、クリスを送ってくるたびに意気込んでいたが、週の半ば、朝からやってきたのはフェリシアではなかった。

私もニコも思わずポカンと口を開けてしまった。そんな話は一つも聞いていなかったのだから。

「口の中に飴玉でも放り入れようか」

「マーカス殿、幼児に飴玉は危険です」

冷静にオッズ先生が指摘したところで、私は開いていた口を閉じた。

「まーくにいしゃ……、まーく」

「リアだったね。マーク兄さまでもいいのに」

私はちょっと困った。だって兄さまが知ったらきっと大騒ぎするからだ。

「きっとルークが兄さまは私だけでいいのですとかなんとか教え込んでいるに違いない」

マークはおかしそうに口の端を上げた。

「マーカスどの」

「ニコラス殿下、リアのお披露目ぶりですね。堅苦しいので、マークでいいですよ」

ニコも驚きから立ち直ってちゃんと挨拶できた。

「きょうはフェリシアがくるのかとおもっていたが」

「りあも」

礼儀作法の勉強とはどんなものなのか気になっていたのだが。そういえば、今日はクリスが来ていないのだから、フェリシアも城に来ていないということになる。

「ああ、フェリシアも来る日があるようだが、私も毎週来ることになったのですよ。聞いていませんか」

聞いていない。私とニコはオッズ先生を見た。

「お話はあったのですが、いつからとか、何を教えるとかの連絡はいただいていなかったので、ちゃんと決まってからお話ししようと思っていました」

オッズ先生も困ったようにそう言った。おそらく、決まっていないうちに話したら、駄目だったときに私たちをがっかりさせるのが嫌だったのだろう。つまり、話はあったとしても正式なものではなく、本人の気まぐれでやってきたのだろうと思われる。

まったく困ったものだ。

だが大歓迎である。

「にゃにを、あ、なにをしゅるの？」

私はぴょんぴょんと跳ねた。

「リア、おちつくのだ。なにかきっとおもしろいことにちがいないのだからな」

私を落ち着かせようとしながら、ニコがマークにプレッシャーをかけている。

「おやおや、これは期待が重いな。なぜ私が朝から来ていると思う?」

そう言えば、兄さまはお昼を食べてから来るので、私自身が割とすぐ寝てしまうのが悩みの種だった。朝からという言葉に私たちの期待は膨らんだ。

マークは、嬉しそうな私たちと対照的に、少し困った、そして難しい顔をしているオッズ先生の方を向いた。

「心配するな。ランバート殿下からの許可は取ってある。もっとも先ほど取ったばかりだから、私が直接ここに来た方が早いと思ってな」

「しかし、学びもですが、安全のことも考えないと」

「護衛も連れて行くし、城の中だ」

それでオッズ先生は引き下がった。四侯が許可を取ったと言っているのだから、疑うほうが失礼に当たるからだ。

マークはこちらを向いて、いたずらな顔で微笑んだ。

「今日は城の見学につれていくよ」

私たちはまたポカンと口を開けた。城の見学だって?

そう言えば、いつも城の中とはいえ、ニコのところに直接来るので、城の中を見たのは長い通路を一回きりだ。隣を見ると、ニコの目も輝いている。

「いく！」

「いきましゅ！」

これはつまり、遠足のようなものだ。それならば、絶対必要な物がある。私はナタリーの方にくるりと体を向けた。

「なたりー！」

「リア様、よかったですね」

ナタリーはにこりと頷いてくれた。だが違うのだ。

「おやちゅはありゅ？」

「おやつ？　ああ、念のためにと持ってきたこれでよいでしょうか」

ナタリーは荷物からごそごそと小さい包みを出してくれた。この匂いは私の好きなカステラだ。私はニコをちらりと見た。

「もちろん、多めに入っておりますよ」

「ありがと、なたりー」

私はほっとして包みをポシェットに入れてもらった。ニコの分もあってよかった。ラグ竜のぬいぐるみは、少し改造して多少は物が入るようになっている。入っているのは主におやつだが。

「あい。じゅんびができまちた」

「リア、おまえ」

ニコがあきれたような目で見ているが、気にしない。

「ま、まあいいんじゃないか。さすがというか……」

マークはまた口の端を上げている。

「メイドはいらない。オッズ殿もだ。護衛だけでいい」

四侯の跡継ぎに言われたら、それは従うしかない。オッズ先生もナタリーも、渋々従った。私に一人、ニコに一人護衛が付いた。もちろんハンスだ。

「ちょっと遠いから頑張ろうか」

図書室から一階に下り、城につながる廊下から城の中に入る。来る時に通ったのとは別の廊下だ。そこから城の内側に入る広い通路があり、そこを曲がっていく。通路の壁にはところどころ美しい絵が飾られているが、私は複雑な壁の模様が面白くてあちこちきょろきょろしながら歩いていたら、マークにひょいと抱き上げられた。

「これから毎週一度、城の見学に行くことになるから、今は先をいそごうか」

どうやら二歳児のスピードには不満があるようだ。

「まいしゅうしろのけんがくなのか？」

ニコの目がきらきらしている。

「ああ、そうだよ。住んでる城のこと、知っておいて悪いこともないと思うんだよ。無駄に広いしね。だいたい、勉強は学院でもできるのに、なぜ二歳児と三歳児に毎日勉強を詰め込むのか、私にはわからないね」

私はマークのお父様を思い出した。ハルおじさまと呼んでくれと言った優しいおじさまは、しかし厳しい顔だちをしていたし、しつけも厳しそうだと思うので、マークがこんなこと言うのは不思議な気がした。

「まーく、ちいしゃいころ、おべんきょう、ちた？」

「それはね、ちょっとはしたよ。でも、それはほんのちょっとのことで、五歳くらいまではただ庭を走り回るだけの生活だったよ」

「はちるのはしゅき」

私は神妙に頷いた。

「リアははしってないがな」

「はちってましゅ！」

走っているように見えるか見えないかではない。走っていると本人が思っていればそれは走っているということである。

もっとも抱かれていては説得力に欠けるのだが。

いくつか入り組んだ通路を右に行き左に行きしていると、だんだんどこにいるかわからなくなってきた。

「もくてきちはあんがいとおいのだな」

「この城は広いからねえ」

マークはのんびりとそう言うと、

「ああ、ここだ」

と言ってドアを開けようとした。

「マーカス殿」

しかし、ここでハンスの静かな声がした。マーカスはそれを無視してドアの取っ手に手を当てた。

しかしハンスの強い声がその手を止めた。

「マーカス殿！」

「なんだ」

「リア様をどこに連れて行くおつもりですか」

おや、ニコが抜けていますが。

「おや、この城に四侯が行ってはいけない場所などないはずだが」

マークはドアの取っ手から手を外して肩をすくめた。しかしハンスは厳しく追及した。

「四侯の跡継ぎにならら、でしょう。あるいは四侯の瞳を継ぐ者にならら、と言い換えましょうか」

「くりしゅ……」

それでクリスのいない時に来たのか。

「おや、ルークの秘蔵っ子はやはり賢いな」

マークは私の頭をなでようとしたが、私はなんとなく怖いような気がして思わず避けようとした。

避けられなかったが。普段ふざけてばかりいるように見えるハンスが厳しい言い方をするときは、
ちゃんと聞いたほうがいいのだ。

「ハンス。それなら問題ないだろう？　ニコは王家の直系、リアは四侯の瞳を持っているから」

「しかし幼すぎます。それに本来これは親の役割でしょう。それこそこんなに幼いうちに連れてくることはないはずです」

「うるさいな。君」

マークはハンスの言葉を切り捨てた。

「どうあるべきかという考えはあるだろう。しかし、禁止事項ではない。今日は私が先生だからな。私が学ばせたいと思ったことを学ばせる」

「しかし」

「はんす」

これは私である。

ハンスが私を大切に思ってくれていることは知っている。けれど、相手は四侯の跡継ぎだ。これ以上機嫌を損ねてはまずい。

「はんす、このどあのしゃき、あぶにゃい？」

「リア様。いえ、危なくはありません。ただ、リア様が行くには早すぎるのではと思っただけです」

「それにゃら、だいじょぶ」

私はニコの顔を見た。ニコも頷いた。はしゃいでいるかと思ったら、むしろニコは落ち着いていた。

「やれやれ、開けるよ」

ドキドキして覗き込んだドアの向こうは、また廊下だった。ちょっとがっかりした。

しかし、マークは廊下の先に進むといくつもあるドアのうちの一つを開け、また先に進むと別のドアを開けていく。本当にまるで迷路のようだ。そう、まるで城の中心に行けないようにするための迷路みたいな。

やがてマークが口を開いた。

「さ、今日はね、結界の間に連れて行こうと思うんだ」

「けっかいの、ま」

まったく予想もしていなかった言葉だ。ニコを見ると、知っていたというように頷いている。

「リアはどのくらい知っているかなあ」

マークは楽しそうだ。

「リアはもしかすると一生入ることがないかもしれない場所だよ。キングダムの結界を維持しているところ、キングダムの四侯と王家を縛り付けているところ」

そんな大切なところに入ってはいけないのではないか。私はハンスを見た。護衛としては、来てしまったのだから仕方ないという顔をしている。

だが、結界の間に入れるかどうかが問題なのではない。

「おとうしゃま、がっかりしゅる」

「リーリア様……」

「おとうしゃま、みしぇたかった、って」

きっとお父様が最初に見せたかったと言って、嘆くことだろう。

「そうだね。きっとそうだろうね」

マークはさらりとそう同意すると、私の言ったことを聞き流して、護衛が守っているドアの前で立ち止まり、そのドアを開けようとした。

「閣下。閣下はともかく、他の者の入室は禁止です」

しかし護衛に止められている。

「四侯の瞳を持つ者と、王家の直系だ。護衛はここに置いていく」

「しかし」

「ランバート殿下の許可は取ってある」

許可証のようなものがあるわけではないようだ。それなら仕方ないというように護衛は引いた。

「リーリア様。この先は俺たちは付いていけねえ」

ハンスが、気をつけてくださいというように私に声をかけた。

「あい。だいじょぶ」

マークは若いけれども、どちらかというと落ち着いて無茶をしないタイプに思われた。それに一応今日の先生なので、信頼して付いていくしかない。

それに、正直なところ、結界の間に入るなんてこれほどわくわくすることはない。

マークがドアを開けると、入りなさいと私たちに合図したので、マークがドアを押さえている間にニコと二人で入りこんだ。

「わあ」

予想と違って、広い部屋だった。中央にテーブルのような物が置いてあり、部屋のあちこちには明かりがついていて、こうこうと輝いている。

そしてそれだけだ。

窓もない。入り口の他に二つドアがあるが、部屋の中には何もない。静かである。

「さあ、こっちにおいで」

マークが中央のテーブルに私たちを呼び寄せる。ニコが私に手を差し出した。私はニコの手をぎゅっと握り、そろそろと中央に向かう。

「リアは抱き上げたほうがいいかな。ほら、こんなふうになっているのさ」

丸いテーブルのような物は、テーブルではなく床に埋め込まれた台であった。

私が背伸びしても見えないが、ニコなら立ってなんとか台を覗ける高さだ。

マークに抱き上げてもらうと、そこには四角の枠の中に、五つの大きな魔石が配置されていた。真ん中に一つ。四隅に一つずつ。

「真ん中が王家。ドアに面したところがレミントン。そこから時計回りに、オールバンス、リスバーン、モールゼイが担当する魔石だ」

「おおきい……」

「これはおおきいな」

思わず私もニコも驚きの声が出てしまうほど大きかった。しかし、見たことがないというほどではない。私は思わず肩にかけたラグ竜のポシェットを探った。ミルに縫い込んでもらった魔石がここに

入っていることをいまさらながら思い出した。

この魔石は、魔物のめったに出ない草原で倒した虚族から出てきた物で、それが台の上の魔石と同じくらいの大きさだ。私の手には余るけれども、大人の手には収まるほどの。

「担当が決まっているだけで、石はほぼ同じ大きさなんだよ。これほどの魔石はほとんど採れないから、市場に出回ったら、それは城で買い上げることになっているので、予備はいくつかあるんだよ」

私は抱き上げられて、そしてニコは自分で椅子によじ登って、テーブルの上を眺めている。石の色は、少しピンクがかっている物から濃い紫までと様々だ。

私の力では、これをどこまでいっぱいにすることができるだろうか。アリスターは小さい結界箱の石をいっぱいにするだけで、最初は倒れたことを思い出す。それからアリスターたちの魔力の訓練に付き合い、やがて自分でも魔力の訓練をするようになって、私の魔力は一層大きくなり、コントロールする力も付いたとは思う。

少し色の薄くなっている魔石に魔力を足すくらいならできる。しかし、ピンクになるまで薄くなっている物を濃い紫にすることはできないだろう。

これが四侯の力。お父様が背負っていて、やがて兄さまが背負っていく義務。

ふと気づくとニコが魔石に手を伸ばそうとしている。

「にこ」

私の警戒するような声にニコの手が止まった。

「おや、殿下、いけないよ。やり方はわからないとはいえ、もし何かのきっかけで魔力を吸われてしまったら、干からびてしまうからね」

マークが驚いたようにそう言い、抱いていた私を下ろすと、次にニコも椅子から下ろした。

私とニコは顔を見合わせた。

やり方は知っているのだ、私たちは。そして、私は結界のための魔石をいっぱいにすることはできないけれど、魔力のけた違いに多いニコはおそらく、今の時点の力でも、一つの魔石をいっぱいにすることができるだろう。

できるなら、やってみたい。ニコの目がそう言っていた。

「だめでしゅ」

「どうしてもか」

「だめでしゅ」

「リアがいうならしかたない」

私が言うからという問題ではない。ニコのお父様にもしこたま怒られるだろう。

そもそもいいか悪いかはきちんとマークが教えるべきことなのだ。

私たちのやり取りを聞いても危機感を持たないマークに、私はちょっとあきれ、仕方ないから自分たちの身は自分で守ることにする。

まず私は、ニコの気をそらすことにした。

「まーく、あっちのどあ、なんでしゅか」

「ああ、休憩所だよ」

「みたい！」

私が手を引っ張るとマークはクスクス笑いながらドアのところまで移動した。

「にこ！」

「わかった」

じっと魔石のテーブルを見ていたニコも声をかけたら付いてきた。

「さ、ドアをあけるよ」

マークが開けて見せてくれたドアの向こうは、小さなホテルのようだった。

大きなベッドが二つ。小さいテーブルと椅子。お茶のセット。ドアが一つ。

「そっちのドアは、小さな浴室とお手洗いだよ。魔石を満たすにはそれなりに時間がかかるし、疲れる人もいるから、そういう時のためだね」

本当にホテルのようだ。

「もっとも、使っている人はいないと思うが。皆仕事をしたらさっさとこの部屋を離れてしまうからね」

「もうひとちゅのどあは？」

「別のところへつながってるけど、それはまだ秘密だな」

その時、護衛のいたドアの前が騒がしくなってきた。いったいなんだろう。

「さ、邪魔が入らないうちに、魔石に魔力を入れるところを見せてあげるよ」

「だめでしゅ」

ドアの外の騒ぎなど気にも留めないように、とんでもないことを言い出したマークを、私は反射的に止めた。

だって、それはないだろう。幼児に魔石に魔力を入れるところを見せたら、やりたくなるに決まっているではないか。

「リア、なぜとめるのだ。わたしはみてみたい」

「にこ。これは、おおきくなってからでしゅ」

向き合う私たちをちらりと横目で見ると、私の駄目を無視して、マークは、薄い色になっていたモールゼイの魔石に魔力を注ぎ始めた。

なんと勝手な人なのだろう。

二歳の幼児でさえ、やっていいことと駄目なことの区別はついているというのに。

こうなったら、集中を邪魔する方がかえってよくない。私とニコは、それを見ているしかなかった。

騒がしさが増す外。次第に濃い色に変わっていく魔石。顔をしかめ、集中しているマーク。

それからすぐに、ドアがバン、と開いた。

「ちちうえ！」

誰かと思ったら、ニコのお父様だ。ニコのお父様は嬉しそうに自分を呼ぶニコをちらりと見ると、魔石のテーブルとマークを見、部屋全体を見、そしてニコにまた戻り、そして私とマークを見た。

「モールゼイ。何をしている」

その時はもうマークは魔石から手を離していた。

「城内見学です。ランバート殿下。城の中を少し見せてやりたいと思ったものですから」

「城の中を見せることは許可したが、結界の間に入る許可は出してはいない」

マーカスは驚いたというように眉を上げた。

「どこは駄目とも、言われませんでしたから」

嘘だ。

私は結界の間に入るときのやり取りを思い出した。

「許可を取った」と言うのは、「結界の間に入る許可を取った」ということではないとわかっていて、しらを切りとおしたのだ、マークは。

普通は常識として、こんな大切なところに子どもは連れてこない。ニコのお父様も、まさか堅実そうに見えるマークがこんなことをするとは思わなかったのだろう。

実際、四侯と王家、そしてその直系の者以外が、結界の間に入ってはいけないという以外の決まりはないのだと思う。だから部屋の前の衛兵も私たちを中に入れたのだろうし、ニコのお父様も厳しく追及できずにいる。

しかしそれは、当たり前と思っていることを誰もがちゃんとするという前提だ。まさか責任を持つ四侯の跡取りがこんな無謀なことをするとは誰も思わなかったのだろう。

「ここは駄目だ。いくらその二人が賢い幼児だからとて、子どもはいたずらをしたくなるもの。まして魔石などさわってみたくなるものだろう。二人が倒れるくらいならともかく、そのことによりキングダムの結界に支障が出るようなことは万が一にもあってはならない」

ランバート殿下はそう静かに道理を説くしかなかった。マークは話している間にそっと魔石から手を外した。魔力を充填した魔石は濃い色になっており、マークの額にはほんの少し汗がにじんでいた。短時間のことだが、相当量の魔力が動いたことはわかった。

その手を見てランバート殿下の顔色が変わった。

「しかも、魔力を入れるやり方を見せたのか！　ニコならともかく、リアにまで！　ある意味一番無謀な子どもだぞ！」

失礼な。私はマークを止めたではないか。

「ちちうえ、リアはマーカスどのをとめていた。リアはいいこだぞ」

「ニコ、いい子でないとは言っていない。無謀だと言っているのだ」

ニコのお父様は私の方を見て気まずい顔をした。

「つまり、その、リアは無茶をすることがあるだろう」

ありませんけど、なにか。私は腕を組んでプイっと横を向いた。

「ああもう、これをオールバンスが知ったら」

ランバート殿下が頭をかきむしる。王子らしさもない。

「オールバンスがどうかしましたか」

「おとうしゃま！」

「おお、リア」

私がお父様に駆け寄ると、お父様はすかさず私を抱き上げた。その時扉の陰からハンスが見えたような気がした。ハンスが連絡をしてくれたに違いない。さすが私の護衛である。

「リア、なぜここにいるのかな」

お父様は私ににこやかに話しかけながら、周りに圧を飛ばすという器用なことをしている。

「えんそくでしゅ」

「遠足？」

お父様は説明する私に怪訝な顔をした。

「おちろ、けんがくでしゅ」

「なるほど、城の見学か。リアはなんでもわかっていて偉いなあ」

「あい！」

私はお父様の腕の中で胸を張った。

「だが、なぜその見学が結界の間なんだろうなあ、マーカス殿」

お父様の声が氷点下まで冷え込んだ。普段はマークと親しく呼んでいるのに、これだ。

「そ、それは、城の中で一番大切なところをまず見せるべきと思ったからで」

「そうか。気を使っていただいたようだ。しかし、よもや魔石に魔力を充填するさまを、まだ力の使い方も十分でない幼子に見せたりしてはいないだろうな」

マークは今度は違う汗をかいて目をそらした。

マークは二〇歳だという。ギルより、フェリシアより年上で、最近知った四侯の子どもたちの最年長である。それでも、バートやミルたち二一歳、今はたぶん二三歳組よりはちょっと若いし、何ならヒュー王子より若い。

そして、跡継ぎとして大事にされ、特に問題なく毎日を過ごしている。

私は少し目を細めてマークを見た。

つまり、子どもなのだ、マークは。

働いて自活し、ハンターとしていっぱしの名を上げていたバートたちとは違う。また、第二王子として国を支えようとしていたヒュー王子も、まず国と民のことを考えていた。

彼らよりほんの少ししか年下ではないけれど、自分の身の回りのことしか考えてこないと、こんなものだろう。

今回もきっと深い意図があったのではない。単に、勉強に縛られている小さい子どもたちを遊びに連れ出そう、どうせならびっくりさせよう、そしてちょっと尊敬されたらいいなくらいに思っていたに違いない。

それに、魔石に魔力を入れているのを見てわかった。

マークは、兄さまより、ずっと魔力の扱いが下手だ。アリスターにもかなわないし、なんなら魔力量は段違いに低いけれど、バートたちだってもう少し効率的に魔力を扱えたと思う。

つまりだ。

「まーく、しぇんしぇい、ない」

大事になろうとしていた部屋がしん、と静かになった。

「まーく、もっと、べんきょうしゅるべき」

大人は驚いて固まっているが、ニコは気の毒そうにマークを見上げた。

「マーカスどの、まず、ルークがせんせいのひにきてはどうか。いっしょにまりょくについてまなぼう」

そうしてマークの腿をぽんぽんと励ますように叩いた。

「なっ、私は！　すでに四侯として魔石に魔力を注ぐ身！　なぜ今更」

「今更でもよい」

お父様より落ち着いた声が、マークの言葉をさえぎった。

「どうせオールバンス家に行って教わる時もあるではないか。この際、幼子と一緒にルーク殿から学び直すがよい」

「お父様！」

マークがしまったという顔をした。ついに当代のモールゼイまで登場だ。

マークは恐らく私たちをこっそり魔石の間に連れてきて、ばれないように見せて、さっさと別のところに行こうと思っていたのだろう。

兄さまだってそんな雑なことはしないのに。いや、兄さまはそもそも雑なことはしないのだが。

「申し訳ありません。もう成人している息子に今更こんなことを言うのは親として恥ずかしい限りですが、一人息子のため、どうやら甘やかしてしまったようだ。罰は受けさせます。それに先生などとおこがましい。ニコラス殿下の言う通り、しばらく幼子と一緒にルーク殿から魔力操作を教わるがいい」

父親の厳しい言葉にマークはうなだれた。政務の手伝いも、魔石に魔力を充填するのも、今まで過不足なくやってきたつもりだったのだ。

「結界の魔石を支える者に罰則などないのは知っているだろう」

ニコのお父様が忌々しそうに言った。確かに、例えばお父様が罪を犯したからと言って牢屋に入れてしまったりしたら、魔石に魔力を注げなくなってしまう。そうしたら、オールバンスの分の結界はどうしようもなくなってしまうのだ。

ハロルドおじさまがため息をついて両手を大きく広げた。

「オールバンス。幼子の大切さを知るそなたが、マーカスによく道理を言い聞かせてほしい。それでは皆、解散」

そして面倒ごとをお父様に押し付けて、さっさとこの事件を終わらせてしまった。

ランバート殿下もお父様もそれでいいという顔をしてさっさと帰ろうとしている。

つまり私とニコも部屋に戻れということだ。それではせっかくの遠足はどうなってしまうのか。

「おりりゅ」

「どうした」

お父様に降ろしてもらうと、私はその場に座り込み、ポシェットからおやつを取り出した。

「にこ、おやちゅ」

「リア、おまえ……」

ニコが残念なものを見るような目で私を見た。しかし、くじけはしない。

「かしゅてら。ましぇきながめながら、たべりゅ」

「そうだな、しろのけんがくだものな」

「あい」

ニコは私の隣に座り込んで、おやつを受け取った。

「リア」

「あい」

「テーブルしかみえぬ」

「そうでしゅね」

「ブッフォ」

ハンスではない。振り向くとニコのお父様だった。

「仕方ない。マーカスよ。二人を中庭にでも連れていくがいい。おやつを食べ終わったら部屋に帰し、それからオールバンスに説教されてこい」

「承りました」

マーカスはちょっと駄目な先生だが、遠足の引率なら十分であった。結局その日は中庭見学で終わったのだった。

第二章

魔力訓練

その後マークがどうなったのかは知らない。お父様が説教するようにとニコのお父様に言われていたが、どう説教したのかなど簡単に聞けるものでもない。

「マークはだいじょうぶだっただろうか」

「にこ……」

兄さまが先生の日、朝城に出かけるとニコがふとつぶやいた。ニコも心配していたんだね。三歳児に心配される二〇歳児というのも笑えない話ではあるのだが。もっとも、ニコが言うには、ニコはもう少しで四歳になるらしい。

「マークがこれなくなると、リアのいうえんそくにでかけられぬではないか。まだしろのあちこちにいってみたいのに」

「にこ……」

心配していたのは、けっこう利己的な理由でだった。

私自身もそうだが、子どもの行動範囲は狭い。だいたいはおうちの周りで十分だし、あんまり遠出するとかえって疲れてしまうくらいだ。だから、そんなにあちこち連れて行ってもらえるわけでもない。

お前は辺境にまで行っただろうって？　好きで行ったわけではないのである。選べるのなら、町に行って屋台で食べ物を買ったりする方がいいに決まっている。もっとも、トレントフォースではよく屋台でご飯を買ってもらったものだ。

そういう意味では、活発なニコは、あちこち行ってみたいのだろう。気持ちはわかる。

「えんそくってなにかしら」

「しゅこしとおくにいくことでしゅ」

「りょこうのこと？」

今日はクリスもいるが、こないだ魔石の間に行った騒ぎについては何も知らないようだ。それならその方がいい。ニコ一人でも好奇心を持て余すのに、私より行動力のあるこの二人が一緒だと何をしでかすかわからない。私がちゃんとしなければ。私は一人決意した。

「うで、くめてないわよ」

「くめてましゅ」

遠足のことは、なんだか遠くに遊びに行く楽しいことと理解してもらえた。はて、そういえば遠足とは勉強だったような気がしないでもないが　まあいいだろう。

今日はクリスにとっては初めての魔力訓練になる。朝クリスを送りに来たフェリシアは、

「まだクリスには早いのではないかしら」

と気をもんでいたものだが、私はクリスには早急に訓練がいると思っていたので、ちょうどよかったと思う。

クリスはちょっと甘やかされて育ってきた面はあるものの、きちんと話の聞ける普通の子だ。それが時々、イライラしてワガママになる。幼児とはいえ、心の中に何を抱えているかまでわかるものではない。

しかし、これだけはわかる。魔力量が多いのだ。

その魔力が不安定な日、不機嫌になる。ニコと同じだ。不機嫌になったからといって、ニコの時ほど苦しそうではないし、乱暴になるわけでもない。それでも、わけもわからず調子が悪いのはやっぱり嫌だろうと思うのだ。

そこで、それは兄さまにあらかじめ話しておいた。兄さまは最初はクリスが魔力訓練することには反対だったのだ。

「ふうん。私も基本的に一〇歳より前に魔力や魔力操作について学ぶのは反対です。小さい子は加減を知りませんから、訓練と称して行き過ぎることがあると思うからです。しかし、調子が悪くなるのならやってみたほうがいいですかねえ」

「たのちいやりかたがいいでしゅ」

私はトレントフォースからずっと持っている壊れた明かりの魔道具を持ってくると、兄さまに見せた。

「こうちて、こう」

ピカッ。

「うわっ、まぶしい」

私はキャッキャッと笑った。そう言えば兄さまに見せるのは初めてだ。

「なるほど、魔石がなくても直接魔力で魔道具を使えるのか……」

兄さまはふんふんと頷いている。私は元気よく返事をした。

「あい！」

「だから結界が張れるようになったと、なるほど、リア」

おや、なんだか雲行きがおかしい気がする。

「あい？」

「ちょっとお父様のところに行きましょうか」

結局無茶をするなと叱られたのは失敗だった。

まあ、それはいい。何も直接魔力を流せと言っているのではない。楽しいことならやる気になるだろうと言っているだけなのだ。

「あかり、ちゅける。たのちい。ちいしゃいましぇきなら、だいじょうぶ」

「そうですね。一番小さい明かりの魔石なら、動機づけになるかもしれませんね」

お父様の前でそう話す私たちを見ながら、お父様は納得できない顔はしていた。

「あまり意識して見たことはなかったが、クリスとはそれほど魔力量が多かっただろうか。そもそも、四侯の瞳を持っておらぬということは、魔力量が多いと言ってもたかがしれているのではないか？」

「私もあまり気にしていませんでした。そもそも、注意して見ないと魔力量までわかりませんからね」

「りあより、しゅくない。でも、おおい」

少なくとも普通に魔力量の多い人よりは多いのだ。

「それも確認してみましょうね」

「あい」

こうして、兄さまが来る今日は、ニコとクリスと三人で、お昼ご飯の後、楽しく兄さまを待っているのである。

「あ、まーくだ」

「なぜマーカスさまが？」

兄さまとギルが竜車で来る前に、マークが城の方から直接やってきた。

「ニコラス殿下、リア、それにクリス。今日はよろしくね」

「マーク、ほんとうにべんきょうにきたのか」

まじめなニコの質問に、マークは苦笑いをした。

「あの後しこたま叱られてね。まずディーン殿に、それから父にね。やれやれだよ」

反省が弱い。私は厳しい目でマークを見た。

「リア、もう無茶はしないよ。無茶をしない、どこにいくかあらかじめ計画を立て、提出するという約束で、城の見学もできることになったんだよ」

「おやちゅ、もっていっていい？」

「もちろんだよ」

「しょれなら、いいでしゅ」

「えんそくか！」

ニコも大喜びだ。

「その代わり、ちゃんとルーク殿から勉強し直せとね。そういうわけで、遠足の時は先生、今は同級生だ。クリスもよろしく」

「しかたないわね」

クリスは全然仕方なくなさそうにそう言った。そうこうしているうちに兄さまたちがやってきた。

「まさか、本当にマーカス殿がいるとは……」

「ギルバート、もう面倒なのでお互いギル、マークでいいではないか。ルークも、ニコラス殿下も、クリスも」

私が抜けているが、そういえば私は既にマークと呼ぶ許可を得ていたのだった。

「うむ。ではみな、わたしをニコとよぶがいい」

フランクに始まった授業は、クリスの段階でちょっとつまづくことになった。

まず、私と兄さまにジロジロと見られたクリスは居心地が悪そうだった。

「ふむ。これは」

「でしゅね」

改めて見ると、四侯ほどとは言わないが、市井の魔力持ちよりよほど多い魔力がある。

「クリス、ときどきイライラしたり、嫌な気持ちになったりはしませんか」

「どうして知っているの？　ときどきそんなことがあって、そんなときは、何をしてもつまらないし、きもちがわるいの」

「魔力が悪さをしているのかもしれませんね。それを少しお外に出してみましょうか。そうすると楽になるかもしれませんよ」

「やってみたい」

兄さまは私を見た。

「あい。これがあかりのませきでしゅ」

私は、持ってきた魔道具箱から、小さい明かりの魔石をはずしてみせた。色が薄くなっている。

「ここにまりょくをいれましゅ」

「ルーク！　小さい子に何をさせる！　倒れるぞ！」

「マーク、大丈夫です」

兄さまの気持ちを察したギルがマークを抑えている間に、私はゆっくり魔石に魔力を入れてみせた。

濃い色に変わった。

「ばかな。なんともない、だと」

呆然とするマークと違い、クリスは楽しそうだ。目をキラキラさせている。

「わあ」

「いやなきもちを、ここにいれましゅ」

私は別の魔石をクリスに手渡した。

「いやなきもち」

「からだからあちゅめて、そう」

よほど嫌な思いをしていたのだろう。クリスの魔力は、体から追い出されるように魔石に入っていった。

「ほら、こくなった」

「なんだか、そう、すっきりしたわ」

クリスが体をあちこち動かしてみている。

私はその間に、魔石を明かりの魔道具箱に戻した。その魔道具を、クリスに手渡して説明する。

「しょして、これを、こう、まわちて？」

「こう？」

クリスは鍵をカチッと回した。ピカッ！

「まぶしい！」

私はキャッキャッと笑った。

「それがくりしゅのまりょくでしゅ」

「わたしの、まりょく……」

「オールバンスはいったい二歳の娘に何をさせているんだ……」

嬉しそうなクリスと私を見て、マークがそうつぶやいた。兄さまがそっと私から目をそらした。

オールバンスがさせているのではない。私が勝手に覚えてしまったことなのだ。

だが、いいではないか。そのおかげで、ニコもクリスも体調がよくなったのだから。

「まーくも、べんきょうしゅる」

「そうなるか……」

マークが遠い目をした。

私はマークのために荷物の中から少し大きい魔石を取り出した。魔道具を扱っているオールバンスでは、集めようと思えばいくらでも魔石は集められるらしい。魔力の勉強のために、魔力を充填する前のいろいろな大きさの魔石がほしいとお父様にねだったら、

「別にマークやクリスティンの訓練はどうでもいいが、リアが魔石がほしいというなら仕方ない」

と言ってたくさん渡してくれたのだ。その中からいろいろ選んで持ってきてある。マークならどんな魔石でも充填することができるが、本来マークの魔力は結界に全部使われるべき物である。だからあまり大きすぎる魔石を使うわけにはいかなかった。

「いや、この魔石などマークに充填してもらえれば、結界箱に使って高く売れる。最近結界箱の需要が増加傾向なのでな、充填済みの魔石はいくらあっても構わないんだが」

「おとうしゃま……」

あまり商売に興味のなかったらしいお父様だが、私がさらわれたのをきっかけに、興味を持ったらしい。

「売るだけならいくらでも結界箱は作れるのだが、結局は魔石に魔力を充填できないと、使い捨てということになってしまう。かといって、結界箱に魔力を充填できるだけの魔力持ちはそうそういない。ルークやリアが訓練のために魔石に魔力を充填するついでに売り物にしてもいいのだが、継続して使えないものを商売にしても仕方がないしなあ」

真面目に悩んでいる姿もなかなか素敵だが、私や兄さまの訓練の時に充填される魔石まで商売にしようとしていることには笑ってしまった。

さらわれる前、うっかり赤ちゃんなのに魔石に魔力を入れてしまった事件を起こした私だが、そのおかげで辺境で生き延びた。帰ってきてからそのことを知ったお父様は、最初こそ私を魔石から遠ざけようとしていたが、結局は力を伸ばしたほうが私のためだと割り切り、魔力の訓練も魔石の充填も許可してくれている。

ちなみに充填した魔石は適正価格で買い取ってくれており、リア貯金やルーク貯金として取ってあるらしい。もっとも、受け継ぐ財産からしたらゴミのようなものだとお父様は言っていた。

そういう事情なので、私がマークのために取り出した魔石は、たくさんお湯を沸かすための少し大きめの魔石だ。

「はい、まーく。ゆっくり、ゆっくりでしゅ」

「ゆっくり入れるのかい。こんなもの一瞬だが」

「ゆっくりでしゅ」

兄さまとお父様はマークの魔力の扱いを見たことがあるそうだが、私はない。マークに四侯らしい大きい魔力があるのはわかるが、それだけだ。

マークが魔石に魔力を入れようとするのを、私が正面からじっと見つめる。隣で兄さまが、その後ろでギルが、マークの側でニコとクリスが、それぞれ興味津々だ。

「やりにくい」

渋い顔をするマークだが、集中してやり始めた。体に重なって見える魔力が揺らぐ。工夫も何もない。大きい魔力を魔石に注いでいるだけだ。

「にいしゃま」

どう思うという意味を込めて兄さまの名前を呼ぶ。

「前より少しマシになりました」

「これで？」

兄さまと小声で話す。

「聞こえてるよ。ルークはともかく、リアまでか」

魔石はあっという間に濃い紫になったが、課題も多い。

「ゆっくりといわれていたではないか。いそいでいれるだけなら、わたしでもできるぞ」

「ニコ殿下まで」

マークがガクリとした。魔力の見えない人は、どうも魔力に対する自覚がない。それではアリスターやニコにしたように、魔力を押し込んでみようか。

「まーく、てをかちて」

「手を？　はい」

マークは素直に手を差し出した。私はそれを両手で握ると、そっと私の魔力を押し込んだ。

「う、わっ」

マークは思わず手を離し、鳥肌が立ったかのように腕をこすった。

「なんだい、今のは」

「まりょくでしゅ」

「リアのか」

マークはまだ腕をこすっている。

「あい」

「肩のところまでぞわっとしたよ。こんな経験初めてだ」

「そんなふうに、魔力は体中に重なっていて、普段は全く意識しないものですよね」

「そうだが」

兄さまがマークに説明している。

「リアの魔力が肩のところまで来たわけではありません。リアはマークの魔力を押しただけ、ぞわっとしたのはマーク自身の魔力なんです」

「私の魔力」

「その魔力は肩までだけでなく、足にも、胸にも、体中にあります。その魔力を意識し、体中を巡らせ、自在に出し入れできるようになるのが魔力操作です」

「それが十分にできていないから、魔力が無駄に漏れていると、そういうことなのか」

兄さまと私は揃ってうなずいた。

おや、視界の端のハンスが、妙な動きをしている。後ろ？　注意？

「面白いことをしているな」

突然声がした。ハンスの言っていたのはこれか。でも、これはニコのお父様の声だ。何を心配しているのだろう。

「おじうえ！」

ニコが跳ねるように駆け出した。その先にいるのは、髪を思い切り短くしたニコのお父様だ。いや、すごく似ているけれどちがう。

「アルバート殿下」

兄さまがそうつぶやき、その場にいた全員が居住まいを正した。私とクリスがちょっぴり遅れたのは仕方があるまい。なにしろ、会ったこともない人なのだから。叔父上ということは、この人も王子様なのだろう。ニコが嬉しそうに足にしがみついている。

アルバート殿下はニコから目を上げて居住まいを正した私たちを一瞥すると、

「四侯の血筋が全員そろっているではないか」

驚いたようにつぶやいた。クリス自身も殿下と気づかなかったのを見ていた私は、おそらくよく知りもしないクリスをすぐにレミントンと判断したアルバート殿下に少し感心した。他の私たちは目の色を見ればすぐにわかるからだ。

つまり、周りの状況に気を配り、よく学んでいるということなのだろう。

「アル、久しぶりだな。視察から帰ってきていたのか」

「ああ、いや。今帰ったばかりだが、まずニコの顔を見ようと思ってな」

嬉しそうに挨拶するマークに気さくに答えると、アルバート殿下はニコを優しく見下ろし、ニコの頭をくしゃくしゃとかき回した。甥っ子がかわいくてたまらないのだろう。そしてマークとは同級生といったところだろうか。

「私があちこち視察に行っている間に、随分いろいろあったということか」

つぶやくアルバート殿下に、兄さまが静かに声をかけた。

「殿下。久しぶりのお帰りということであれば、私どもは今日は早めに戻りましょう。ご家族でゆっくりお過ごしください」

「ルークか。よい。ニコがこんなに楽しそうなのを邪魔してもな」

「おじうえ。いままりょくのべんきょうをしているところなのだ」

「ほう。続けるがよい」

私はちょっとおかしくなった。常々ニコの喋り方はちょっと固いと思っていたのだが、どうやら大好きな叔父様の口調が移っているようだ。

「ではちゅぢゅけましゅ」

「リア、続けるのか」

「あい」

マークが情けなさそうだが、確かに同級生に、幼児から何かを教わっているのを見られるのは嫌だろうと思う。だが、確かにマークはさっき何かをつかみかけていた。それなら今きちんと教えてしまいたいのだ。

しかし、ハンスが遠くでやめろと首を振っている。兄さまに顔を向けると、今やめるわけにはいかないという顔をしている。それなら続けるしかない。

「ざわっとした感じを、肩より先に広げていくのです。必要ならまたリアにやってもらいますが、あまり楽しいものではなかったでしょう」

「確かにな。よし、集中して、ざわっという感触。腕だけが寒くて鳥肌が立つようだった。体中が寒いと思えばいいのか。ざわっとして鳥肌が立つ、うっ」

マークの反対側の手にも鳥肌が立ったようだ。

「なんだ、体が揺れる気がする」

「体が揺れているのではありません。魔力を意識したために、魔力が揺れているのを体が揺れていると勘違いしているのです」

私はそっとマークの手を握った。

「リア」

「このてに、しゅうちゅう」

「手が温かい。そして動かない。そうか、体と、魔力、別々のもの……」

「にいしゃま、ましぇき、くだしゃい」

「揺れている分を移すのですね。はい、どうぞ」

私はマークに大きめの魔石を握らせた。

「ゆれて、いやなものだけを、ここに」

「うう」

「しゅこしじゅちゅ」

マークの魔力の揺れは、さっきよりゆっくりと魔石に収まっていった。

「ふう。大変だった」

「まーく、えりゃい」

「よくがんばったな」

私とニコに褒められてマークは苦笑いしている。

「きついが、わかりやすい。オールバンスの兄妹は最強だな」

「そうとも」

なぜニコがいばっているのだ。

そしてそれをアルバート殿下が何かを考えながら見ていたのだと、どうしてリア様はそううかつなのかと後でハンスに叱られたのだった。兄さまだってやったのに。そう言い返したら、兄さまはお父様に叱ってもらうと言われた。

幼児に要求するレベルが高すぎると思う。

その後、

「マークだけではなくて、ほんとうはわたしがおしえてもらう日なのよ」

とクリスが主張して、クリスにも魔力の揺れを体験してもらった。マークよりさらに気をつけて魔力をちょっとだけ流すと、

「わあ、こしょこしょする。くすぐったいかんじ」

とおかしそうに笑った。そうして、幼いだけに魔力の自覚は早く、ニコほどではないけれど、なんとなく魔力の感覚はつかめたようだった。私はふうっと息を吐いて、額の汗をふいた。兄さまと一緒

にいい仕事をした。それから兄さまに振り向いて、手を伸ばした。

「にいしゃま、だっこ」

「はい、おいで」

にっこりする兄さまに抱っこされて、ゆらゆらしてもらったらもう寝てしまった。だから、なぜ兄さまが来るのはお昼ご飯の後なのだろうか。

甥っ子がかわいいにもほどがある《ルーク》

「その幼子が、ウェスターにさらわれたという」

「はい。妹のリーリアです」

私は図書室にしつらえられたお昼寝ベッドにリアをそっと置き、布団にくるみながら、アルバート殿下に答えた。リアはすやすやと寝息を立てている。

何が気になるのか、ニコもクリスもリアが寝ているところを必ず見に来る。マークも、殿下と旧交を温めていればいいものを、子どもが珍しいのかリアが寝ているところを興味深そうに眺めている。

「揺すっては駄目ですよ」

「もうやってみたけど、おきなかったわ」

「もうやったんですか」

「ニコがリアはゆすってもおきないって言うから」

私はあきれてちょっとハンスをにらんだ。ハンスは肩をすくめた。ハンスからはどうせ起きないんだからいいじゃないですかと言う声が聞こえるような気がする。ナタリーは軽く首を左右に振っている。一応止めたけれど無駄だったと言いたいのだろう。

私だって、朝から来て、ずっとリアと一緒にいたいのに、学院生であるということは面倒なことだ。今一二歳で、卒業する年まであと四年もある。

お昼を食べたばかりだというのに、リアの口がむにむにと動く。何か食べ物の夢を見ているのだろう。

「さ、ニコ殿下、クリス、せっかくギルがいるのだから、お外で遊んでいらっしゃい」

「いこう」

「そうね。リアも行けたらいいのに」

「リアはようじで、ちいさいからねなくてはいけないのだときいた。しかたあるまい」

「では私も一緒に行こうか」

そんな二人に、マークが声をかけた。口の端がちょっと上がっている。ニコ殿下だって幼児だろうと言いたいのだろう。

「ほんとか！」

「しかたないわね」

ギルが苦笑しながら三人を連れて行った。マークは久しぶりにアルバート殿下と会ったのに、話をしなくていいのだろうか。私もリアの頭をなでると、後を追おうとした。

「ルーク」

しかし、アルバート殿下に声をかけられた。正直面倒だと思ったのは顔に出てはいなかったと思う。

現在のキングダムは、現役の国王がいて、跡継ぎのランバート殿下も優秀で、しかもニコラス殿下という直系もすでにいる。その三人とも魔力量は申し分ない。第二王子のアルバート殿下は、学院を卒業してすぐに、ランバート殿下とニコラス殿下を支える立場を明確にしていて、後継者争いもない。あちこち視察にいくなど、王家で唯一活発に動いている人だ。

何しろ結界を守る王家は四侯以上に自由には動けないのだから。アルバート殿下が視察に行くと言った時も、監理局は反対したそうだ。しかし、

「王も王子も健在で、それ以上何か不安な事態でもあるのか」

と冷静に説得し、今は自由に動いている。

キングダムの歴史の中でも、四侯の魔力が十分でない時代もあって、そんな時は国が荒れたりもしたようだ。しかし、今は王家を始めとして、四侯の魔力も十分であり、それに恩恵を受けているキングダム内に特に問題はないと聞く。

しかし、私はまだ一二歳だ。知らないこともたくさんある。何かを考えて殿下が行動し、そして王家がそれを許していることについて、特に深く考えるつもりはなかった。

「はい、アルバート殿下」

「私は今日、驚くべきものを見たと思う」

「はあ、そうですか」

何を言い出すかと思えば、返事に困ることだった。

「兄上に挨拶するのも早々にニコが心配で見に来ようとすれば、ニコには遊び相手ができてもう癇癪は起こさぬと言われた。今、ニコに会いに行けば面白い物が見られるかもしれないなあとニヤニヤとな」

ランバート殿下はどうやらいたずら好きの性格のような気はしていた。それでも、そんなことは別に知りたくもなかったのだが、アルバート殿下もそれで苦労していることがうかがえて少しすっきりもした。

「実際見に来てみて、驚いたことをいくつ挙げていいかわからぬほどだ。それなのにそもそもメイドも護衛も止めもせぬ。いったいどうなっているのだ」

この場に残っている主な護衛とメイドはハンスとナタリーなのだが、微妙に目をそらしたのが気配でわかった。

「一つ、幼児に魔力操作をさせている。二つ、幼児に魔石を持たせている。三つ、幼児に魔石に魔力を入れさせている。四つ、幼児に魔力を人に押し込むなどということをさせている。五つ、幼児に」

ニコ殿下だってクリスだって幼児だが、要するにリアに驚いたのだろう。

私はクリスやマークに魔力について教えているリアがかわいいとかそんなことしか思わないのだが、面倒なことだ。

「わかりました。つまりリアがあれこれしていたのに驚いたと、そういうわけですね」

「それに、ニコも当たり前にやっているようだった。まさかあれにも魔石を扱わせているのか」

お父様がリアを何より大切にするのと同じように、殿下も何より甥っ子のニコが大切なのだろう。

だが、言っておく。繰り返すようだが、私たちは何よりリアが大切なのだ。

「ランバート殿下に詳しく話を聞いてくださっていたら助かったのですが」

言外に面倒くさいという雰囲気をたっぷりとまとわせた。

「ニコ殿下の癇癪は、身に余る魔力量のせいでした。それを魔石に移すことで、癇癪を起こすことなく穏やかに過ごすことができているのです」

殿下は癇癪が起きていないのかと驚いた顔をしている。

「そして、そのことに気がついたのが我がオールバンスのリアです。そしてなぜ気がついたかと言えば」

私は殿下をまっすぐに見つめた。

「辺境で何度も危険な目に遭ってきて、それを自らの力で乗り越えてきたからです。リアは甘やかされたただの幼児ではありません」

そうして声を大きくした。

「ハンス、ナタリー」

「はい、ルーク様」

「私は先生として来ているので、これからニコ殿下とクリスを見守るために外に出る。くれぐれもリアの側から離れないように」

「はい」

「はい」

ランバート殿下の邸宅の中である。ここで安全でなければ、どこが安全ということになる。だから
これはつまり、アルバート殿下への警告である。

リアのことを心配する口調で、ニコ殿下のことしか考えていないあなたを信用していないぞ、とい
うことだ。

「失礼いたします」

「待て」

慌てたような殿下の声など聞かなかったふりをした。聞きたいことはランバート殿下から聞くがい
い。そしてニコ殿下がどんなにリアを気に入っているか知って、後悔するがいい。

「オールバンスの跡継ぎは、あのようなはっきりした者であっただろうか」

当然、そんな声は聞こえない。私は図書室のドアを閉めた。

第三章

北の領地へ

私が昼寝から起きてきた時には、アルバート殿下はもういなかった。髪の短いお兄さんだなあくらいしか印象がなかったが、そういえば、おじいさまが殿下についてなにか言っていたような気がしたと、おじいさまの顔を見て初めて思い出した。

「リア、忘れちゃったのか。まあ、忘れてもいいくらいのことだが」

忘れてもいいことだっただろうか。私はラグ竜のかごの中でちょっと首を傾げた。

アルバート殿下を見た次の日はお休みだったので、午前中からおじいさまとラグ竜に乗りに来ている。もちろん、兄さまも一緒である。

「おじいさまはな、リアのお披露目のためもだが、アルバート殿下を辺境近くまでお送りするために、殿下が視察から戻ってくるのをここで待っていたのだよ」

「おみあい！」

忘れては駄目なことではないか。楽しいからうっかり忘れていただけで。

「ちゃんと覚えているではないか。リアは賢い子だなあ」

おじいさまが嬉しそうに隣の竜の上で微笑んだ。

しかし私の胸にはすっと冷たい風が吹いた。アルバート殿下が戻ってきたということは、つまりそういうことだ。

「おじいしゃま、かえっちゃう」

「リア、すまない」

小さい声でつぶやいた私の声は、放牧場の風には流れてくれなかった。おじいさまも寂しそうな顔をしている。

「いつまでもリアとルークと一緒に、オールバンスの屋敷でぬくぬくしていたいのはやまやまなのだが、仕事は仕事だ。それにそろそろ領地にも帰らないとな」

「おじいさまが領地にいてくだされば、私とリアが遊びに行くこともできますよ」

「あい」

兄さまが先のことを提案して、楽しい気持ちにさせようとしてくれている。そうだ。兄さまの春休みや夏休みにはもしかしたら、北の領地に遊びに行けるかもしれないのだ。

「りゅう、いっぱい」

「そうだぞ。大きいのも小さいのも、広い草原にたくさんいるぞ」

その草原でうちのミニーと一緒に走るのだ。

兄さまがそれは何だという顔をした。

「ミニー？　リアの竜の名前ですか。なぜミニー？」

「えっと、ちっちゃいものだかりゃ」

「ちっちゃいからミニー？　竜に名前を付けるなんて変わっていますね、リアは」

兄さまにそう言われたが、私の竜とかちっちゃい竜とかいちいち言っているのは逆に面倒なのである。

しかし問題もある。

「みにー！」

このように、ミニーだけを呼んだつもりでもたくさんの竜が集まってくることであった。ちっちゃい竜にしか用事がないとわかると去っていくのだが、本当にあまり名前を付けても意味がないのだと思う。

「キーエ」
「キーエ」
「キーエ」

だからあの短い髪の王子が自分に関係するのは、おじいさまのことだけだと思っていたのだ。お休みの二日目に、殿下方が家に訪ねてくるまでは。

おじいさまは内心はどうあれ歓迎するという顔をしていたが、お父様はあからさまに面倒くさいという顔をしていた。もっとも、いつもそんな顔なので気づかれなかったかもしれない。

「本当にあなた方は王族の自覚を持つべきだろう。ふらふらと先ぶれもなく人の屋敷に訪れるとは」

「オールバンスよ、前も言ったが、王家と四侯の間柄ではないか。気にするな」

大人は火花を散らしていたが、私はお休みの日にニコが遊びに来たので大喜びだった。つまり殿下方とは、ランバート殿下、アルバート殿下、ニコラス殿下なのである。

「にこ！」
「リア！　あそびにきたぞ！」

笑顔のニコに私も笑顔になるのだった。

「オールバンスの金と紫の怜悧な色あいが、なぜあの幼児では間が抜けた感じになるのだ」

思わずと言ったようにそんな声を漏らしたのがアルバート殿下だ。私はそんなことを言われても全く気にしないが、今アルバート殿下は、メイドや執事を含めてオールバンス全体を敵に回したと言っても過言ではない。

大人なのだから、思っていても口に出さない方がいいことはあるのだ。

ニコがあきれたようにアルバート殿下を見た。

「おじうえ、ひとのようしのことをあれこれいうものではない。まのぬけたかおだからなんだというのだ。かわいいではないか」

「あるでんかはれいてん、にこは五〇てんでしゅ」

「おじうえはれいてんでよいが、わたしの五〇てんはひくくはないか」

ニコが不服そうだ。

「にこもあれこれいいまちた」

「そうか、それはすまぬ」

ニコが一番王族らしいような気がする。謝ってくれたので問題ない。

「アル殿下だと……私のことか」

何をショックを受けたような顔をしているのか。アルバート殿下などと、長すぎて幼児には呼びにくくて仕方がないではないか。

「私などランおじさまだぞ。お前もアルおじさまに変えてもらうか」

「いえ、私はけっこうです。兄上」

何やら楽しそうだが、大人は大人、子どもは子どもである。兄さまは大人の仲間に入らず私たちを外に誘った。顔に面倒くさいことは避けると書いてある。

「ではリア、ニコ殿下、私たちはラグ竜を見て来ましょうか」

「それはよい！」

ニコは遊べそうな雰囲気に大喜びだ。

「りあのみにー、みしぇたい！」

「みにーだと？　それはなんだ」

私は腰に手を当ててふんと胸をそらせた。

「りあだけのらぐりゅうでしゅ」

「なんだと！　それはみにいかねば」

兄さまが振り返った。

「ニコ殿下もリアのかごに乗せて差し上げたいのですが、お父様、どうしますか」

「ふむ。殿下、いかがか」

「いかがと言われても」

この場合の殿下とはランバート殿下である。殿下、つまりニコのお父様は苦笑した。

「リアが大丈夫ならニコにも大丈夫だろう。護衛を付いていかせるので、無理はしないようにな。よろしく頼む」

「承知いたしました」

許可を得て、私たち子ども組は楽しく放牧場に向かったのだった。

面倒なこと《ディーン》

義父は正直なところ、ルークやリアに付いていきたかったようだが、わざわざ王族が来たものをもてなさないわけにはいかない。まして、アルバート殿下のためにここに滞在しているようなものだから、殿下をないがしろにしては本末転倒ではある。

というか、私を置いて義父だけ逃げるとか許されないだろう。

私も城で国の中枢として働いているので、今回のファーランドからの申し出が厄介なものになっていることはわかっている。

しかし、そもそもの発端が、リアがさらわれたことと関係するので、オールバンスとしても関係ないとは言っていられない。

つまり、キングダムがウェスターと関わるのならば、ファーランドとも関わるべきだということである。

それにしても、もしリアがさらわれておらず、ウェスターの領都にいたのがリスバーンの落とし子だけであったら、キングダムはどうしていただろうか。

私は殿下の希望で、温室に面した部屋に案内しながら、何度も考えてみたことを改めて考えてみる。

スタンはあえて迎えにはいかなかっただろうと思う。もしかしたら、もう少し後で人を差し向けて暮らしぶりなどを確認し、援助したかもしれない。しかし、キングダムに戻そうとはしなかっただろう。

監理局はどうか。四侯の血筋は、キングダムの中にあるべきで、迎えには行くが、ウェスターに援助をするべきではないと主張しただろう。そんなにキングダムに都合のいいように世の中が動いてくれるわけがないということを理解していないからだ。

そして王家はどうだっただろうか。

円卓会議は開いただろうと思う。そしてこの間のように、反対も賛成も、そして中立も同じように出たはずだ。

その中で、もしリアが関わっていなかったら私はどちらの立場に立っていたか。おそらく、リスバーンが迎えに行く必要がないというのであれば、援助する必要もないという立場だろう。

しかし、円卓会議は多数決ではない。領地を治める全ての者が忌憚なく意見を出し、結果を共有して帰る場だ。

今の王家の殿下方は、今までの王家の者より辺境との関わりを重視している。したがって、王家は、賛成が多くても反対が多くても、そしてリアのことがなくても、援助を出した、と思う。

つまり、リアのことでオールバンスが何をしようともしなくとも、今回のこの結果は変わらなかったということになる。要するに、何度考えてもオールバンスの責任ではないということだ。

そこまで考えて私は肩の力を抜いた。

今回の問題は、ファーランドだけではなく、イースターまで婚約の打診をして来たということだ。

面倒くさいことこのうえない。

「ネヴィルまでの同行ならこちらはいつでも準備ができていますものを、いかがなさいました」

まず口火を切ったのは義父である。さっきまでリアとルークに優しいただのおじいさまの顔をしていたのに、きちんとネヴィル伯の顔になっている。特に責めるでもなく、一体どうしたのかという素直にいぶかしがっている表情でもある。

「状況が変わったのだ。視察から帰って一週間ほど調整して、それからネヴィルの領地に向かうはずだったのだが。今日はその挨拶と計画を立てにくるはずだった」

とはアルバート殿下である。

「しかし、オールバンスよ、そなたも知っての通り、イースターがな」

イースターが、見合いだけというならば自分の国の貴族とも是非と申し入れをしてきたのは秘密でも何でもない。ランバート殿下が面倒そうに姿勢を崩した。だから王族としてそれはどうなのかと。

「いずれにせよ断るのなら、まあ見合いをしてもいいかと思ったのだが、向こうからはアルバートではなく四侯でもいいという話が来てな」

「四侯、でもと」

さすがにその発想はなかった。私は絶句した。普段のランバート殿下なら、オールバンスのその顔は珍しいとからかってくるのだが、そういう余裕もなさそうだ。

四侯の血筋は外には出さない。これは、四侯の当主がキングダムの外に出られないという明確な決まり事とは違い、そういうものだという慣習に過ぎない。現にリスバーンのところの子どもはウェスターにいる。

例えば四侯の当主、あるいは成人した次代はキングダムの外には出られないという決まりは、裏を返せば、成人していなければ出られるということでもある。慣習であって決まりではないと言い張れば、案外いろいろなことができるものだ。

「アルバートがファーランド方面に行くなら、その時期にイースター方面で、つまり四侯との見合いをと。年頃から見てモールゼイかレミントンをとの希望だった」

「ばかな。次期当主を出すわけがない」

「出すわけではない。イースターの血筋をキングダムに入れろと、つまりはそういうことのようだ」

「それに何の意味がある」

我ながら口調もだんだんぞんざいになっているが、四侯側には婚姻によって得る利益がほとんどない。ウェスターに行ったルークからは、王族ですら魔力が多いというわけではないと聞くし、リアをさらった奴と関わりがあるかもしれないイースターの第三王子などは魔力なしだそうだ。

まして、イースターには何に利益がある。

「次世代を見据えて、キングダムに手を伸ばしたいということであろうな」

「ウェスターの王族は、自分の領地で結界を展開させようとしていただけまだましということか」

イースターはウェスターとの境界に大きな山脈があるが、それ以外に大きな山地もなく、豊かな平地は、ほぼ虚族の被害もなく平和な国であると言われている。あえて言うのであれば、虚族から得られる魔石という恩恵がなく、しかしその恩恵にあずかろうとすれば、キングダムを通して高い魔道具を買うしかないのが問題ではある。

その分、イースターはキングダムの食を支えるということで、今まで特段不満もなく暮らしてきたはずなのだが。

「平和な時代が、少し長くなりすぎたということなのだろうな」

ランバート殿下がぽつりと言った。

キングダムに結界が張られてからも、結界を維持できない、不安定な時代もあったと聞く。ウェスターやファーランドがキングダムに攻め込んできたこともある。キングダムの中で内乱が起きたこともある。しかし、ここしばらくキングダムと三国の関係は安定しており、キングダムも強力な結界で守られ続けているため内側でのもめごともない。

「今のままの世界では満足できない、より上を、ということなのだろう」

「それならば、内政に力を尽くせばいいではないか」

アルバート殿下がドン、とテーブルを叩いた。

「平和な世界なら、その余力を民に回せばいい。このキングダムの中でさえ、町に出れば、生活できずに路上で暮らす者もいる。その者をすくい上げるには、仕事を作るしかない。町から出れば、まだ農地にできるのに放置されている土地もある。それこそイースターに頼らずとも自給できるだけの余力はあるはずなのだ。そしてそれは辺境三国にしても同じだ」

ここ数年、キングダム内を視察して思うところがあったのだろう。

「確かに、辺境は虚族により夜の活動は制限されている。しかし、長年虚族と向き合い、無茶をしなければ被害に遭わずに生産できるだけの力はあるはずなのだ。私はウェスターの結界の試みを悪いものだとは思わぬ。民のために何もしないことこそ問題であろう」

上に立つ者が理想に燃えるのはいいことなのだろう。しかし私は一言言わずにはいられなかった。

「その民への努力が、一部の者の能力にのみ頼るものであるなら、それはおごりというものだと私は思います」

「おごりだと」

ウェスターの王族が、民のための理想に燃えていたことは間違いがない。しかし、それは他国の魔力持ちを当てにしないと成り立たない仕組みだった。

「この我らの力が、いつでもいつまでも安定的にあるとなぜ言えるのです。キングダムでさえ、たった一侯だけでも能力が足りなければそれで終わってしまう、危ういバランスで成り立っている仕組みなのですよ、アルバート殿下」

「しかしその場合でも、例えば私や兄上が補充すれば済む話であって」

「それは、今代がまれにみる魔力持ちの時代だからというおごりです。歴史を紐解けば、各家一人ずつしか力を持たず、危うかった時代はいくらでもあった。現状で魔力持ちに頼る仕組みを作ってしまったとして、ニコラス殿下の次代に魔力持ちが減ってしまったらどうするのか」

アルバート殿下はぐっと詰まった。

「民のために仕事を作るもよし、農地を開拓するもよし、しかしそれは、魔力持ちを当てにしない、魔力持ちがいなくてもできる仕組みであるべきだと私は思いますが」

わずか二〇歳の若者にはまだ早い話だっただろうか。黙り込むアルバート殿下の肩をランバート殿下が叩いた。

「ははは。普段考えを語らぬオールバンスに、ここまで話をしてもらってアルバートは運がいいな」

何が楽しいのだ。しかし、ランバート殿下はすっと表情を戻して、私を正面から見た。

「内政については後でゆっくり語るとして、イースターの件だが」

「はい、それがどうかいたしましたか」

「レミントンが興味があると」

「は？」

レミントンが興味がある？　見合いにか。私はレミントンの子どもたちを頭に思い浮かべた。

上の娘が一五歳だったたか。

「確かにフェリシア殿はよい年回りでしょう。しかし自分の思いを貫いたアンジェが娘の意に染まぬ婚約を勧めるとは思いませんが」

「オールバンスよ、賢いそなたでも見えぬものはあるようだなあ？　レミントンは野心家だぞ。それにフェリシアだと誰が言った」

「まさか」

「明言はしなかった。が、おそらく、当主の頭にあるのはクリスティンだろうな」

そこにまったく思い至らぬとは私もしょせん甘やかされたキングダムの貴族ということだろうか。

クリスティンはリアと三つしか違わないではないか。

驚いたオールバンスの顔を見たのは面白かったと、結局のところランバート殿下が笑っても気にならないほど驚いたのは確かである。

しかし、話はそれだけでは終わらなかった。

「それだけではない。イースター側も見合いの相手は貴族だが、王族を一人、付き添わせると言うのだ。視察と言う名目でな。なんとも断りづらいことになってしまった」

「それはまた珍しい」

辺境三国から王族や貴族が来ることは何も禁じられていないので、旅行と称して遊びに来ることはある。だとしても王族が来ることは珍しいのだ。

しかし真の衝撃はその後に来た。

「そしてそれは第三王子だという」

「なんだと」

私は思わず立ち上がった。

真偽のほどはわからない。しかし、イースターの第三王子は、リアを辺境で襲ったという犯人だと、少なくともリアはそう言っていた。それは幼児の話に過ぎないとはいえ、王家にはきちんと報告していた。

「そなたの報告によると、イースターの第三王子はウェスターの城にも平然と顔を出したという。もし、リアを襲撃した犯人であれば、そんなことはできないはずだというのが正直なところだ。ましてキングダムに顔を出すことなどできまい」

私もこのことは悩んできた。独自に第三王子の噂を調べてみても、そういったことを裏付ける事柄は出てこない。正妃の子どもではないが、王家の瞳を持つため第三王子として認められていること、キングダムの第二王子アルバート殿下と同じく、あちこちに視察に出ることが多いこと。

それだけを見てみれば、視察と称してウォスターやキングダムに出入りすることは可能だし、口裏を合わせれば、何をやっているのかを隠し通すこともできるだろう。

しかし、それをやって本人に何のメリットがあるのか。また、個人ではなく、国がやらせていることだとしたら、イースターはいったい何がしたいのか。リアをさらう、あるいは亡き者にすることの意味がわからないのだ。

「直接会ってみたいとは思わぬか。リアの言っていることが本当かどうか確かめる好機だと思うのだ。少なくとも、どのようなひととなりなのかこの目で確かめられるのだぞ」

「確かに。確かにそうですな」

ランバート殿下がリアと気さくに呼ぶのに若干苛立ったものの、他国の王族のことゆえ、ほとんど調査できなかった相手が自分から来てくれるというのだ。これは好機だ。

「しかし、リアはイースターの王子がいることに心穏やかではなかろう。いや、そなた自身が会わせたくなかろう。そこでだ」

ランバート殿下は意味ありげにアルバート殿下を見た。

アルバート殿下はかすかに頷くと、話を引き継いだ。

「私は第二王子ということで、比較的自由に国内を回ることができた。その結果得たものは大きいし、機会があるなら、王族ももっとキングダムの中を見て回るべきだと思った」

王族とはいえ、現王と、ランバート殿下は王都を動けない。ということは。

「まさか、ニコラス殿下ですか」

「その通りだ」

アルバート殿下が頷いた。

「しかしニコラス殿下はまだ三歳、いくら賢いお子とはいえ、視察に連れて行ったとしても、幼すぎて教育にもならないでしょう。監理局ではないが、安全のことを考えると、次代の要を連れて行くなど無謀とも思われますが」

私は冷静に指摘した。

「しかしなあ、私は好機だと思うのだ。今までキングダムどころか、王都すら出ようと考えもしなかった四侯が外に動き始めた。監理局はなし崩しに許可を出さざるを得ない状況になっている。それに、アルバートもあちこち動いているしな。今までなら王族はほとんど王都を出なかったはずだ」

好機と言い出したのはランバート殿下だ。

「ニコは確実に次代の王になる。つまり、早々に自由に動けなくなるということだ」

代々の王がそうだった。四侯以上に動けないのは確かである。

「だから、今回、ニコを研修の目的でアルバートに付いていかせようと思う。ファーランド側がごり押しした見合いだ。ニコの身を必死で守るだろうよ」

やっと本題に戻ってきた。しかし、それがオールバンスに何の関係があるというのだ。

「そこで、教育係として、ギルバート・リスバーンとルーク・オールバンスを同行させたい」

「ルークを」

これは意外なところに話が来た。

「ついでに、ニコの学友ということでリアも付いて行けば、少なくとも、イースターの第三王子に会う可能性はなくなるだろう」

そう来たか。学友という響きにうっかり笑いそうになったのは仕方ないとして、私は腕を組んで考えてみた。

ルークにもイースターの第三王子の話は聞いている。はっきりと言葉にはできないが、ルークにもなにがしかの執着を感じたという。

はっきり言うと、不気味で気持ち悪いということだ。

いずれどこかの王族が来たら、四侯として、ルークも必ず会わなくてはいけない立場だ。ルークと第三王子を会わせて、その様子をしっかり観察したいという気持ちもある。

しかし、リアには会わせたいとは思わない。もう王都にいたとしても、幼児だからと公的な場に出さなければいいのだが、やはり距離があれば安心ではある。

しかし、しばらくの間、リアとルークとは離れることになってしまうが、どうしたものか。

随分考え込んでしまっていたようだ。殿下の一言で我に返った。

「それほど子どもらと離れたくないのか」

「離れていた期間が長すぎましたので」

「ディーンよ」

私ははっとして義父の方を見た。殿下方に気を取られていて、静かに話を聞いている義父のことをすっかり忘れてしまっていた。

「アルバート殿下だけなら、通常の付き人、護衛に我ら一行で構わないでしょうが、ニコラス殿下を連れて行くとなるとそれだけではすみますまい。さらにオールバンス、リスバーン二家の跡取りが同行するとなると、相当大掛かりになりますぞ」

「むろん、城からも護衛をつける。ネヴィル伯よ、どうにかならないか」

ランバート殿下が義父の方を向いた。

「そうしたいというのであれば、うけたまわりますと答えるしかありません。ただし、しっかり子どもらを守りたいということです。私にとっては」

義父は私を見て口の端を上げた。

「夏休みまで待たねばならぬと思っていましたが、ルークとリアをわが領地に迎えることができ、しかもそのうえ道中まで一緒ということであれば、むしろ感謝したいくらいのことです」

「お義父さん！　それは」

うらやましすぎる。私も何とかして付いて行けないだろうか。

私はウェスターからリアを連れ帰った時のことを思い出す。先に戻らねばならない私にとって、一緒にいられたのはほんの半日ほどのことだった。

それでもありありと思い出す。かごに乗せたリアを真ん中に囲むようにして広々とした草原をラグ竜で移動したことを。いつ顔を上げてもリアがいて、ルークがいた。プーと間の抜けた草笛の音が響けば、ラグ竜が踊るように足を急がせる。

休憩中には草の上に座り込んで、水筒から直接水を飲む。新しい草笛を作っては試しに吹いてみると、竜がはしゃぎすぎてしまいには護衛隊に怒られる始末。

「それはずるいです。私も北の領地に一緒に行きます！」

「オールバンス……」

残念なものを見るように殿下がつぶやく。

「そなたは王都にいてもらわねば困る」

頭ではわかっているのだが、気持ちを治めるのに随分と時間がかかった。

こうして家に帰ってきたばかりのリアは、また長い遠足に出かけることになってしまったのだった。

イースターの第三王子。何事もなければいいが、何事かを起こしたら破滅させてやるのに。

「ディーン……」

そう思っているだけですよ、お義父さん。

「そうではない。くくっ、その何かをごまかそうとする顔、リアにそっくりで、ははっ」

失礼な。

お義父さんのそういうところこそ、クレアにそっくりですよ。

◆

牧場までも竜車に乗っていかねばならないのが面倒なところだ。それでも、兄さま、ニコ、私という珍しい組み合わせで乗る竜車は楽しかった。

「そもそもな、わたしはしろからあまりでたことがないのだ」

「にこ、こないだりあのおひろめ、きまちた」

「うむ。ひさしぶりのとおでであった」

ニコが満足そうに頷いた。

「それがなかったら、つぎはいつ、しろのそとにいけたことか」

「でもニコ殿下、お城は広いではないですか」

兄さまが城を思い浮かべるような顔をした。

「うむ。こないだけっかいのまにいったりもしたが、ひろいからといってすきなところにいけるわけではないからな」

「確かにそうですね」

「りあも、おうちに、ちらないへや、ありましゅ」

そういえば私も、お屋敷の全てを見たことはない。温室は知っていても、温室に続く部屋があることもこないだ知ったばかりだ。そもそも、お父様と同じに城に行っているのでは、探検する時間もない。

よく考えたら、私は働きすぎではないのか。

もっと自由に遊ぶ時間があってもいいのではないか。

ニコと遊んでいるだろうって？　遊んではいない。なにしろ、勉強相手として城に招かれている身なのだから。

「どうした、リア、くちがとがっているぞ」

「とがってましぇん」

失礼な。私は腕を組んだ。異論は認めない。

「りあ、はたらきしゅぎかも」

「働きすぎ……ぐふっ」

「にいしゃま……」

お腹を抱えて笑っている兄さまを、私は冷たい目で見た。

ニコはふむと頷くと、重々しくこう言った。

「ふむ、はたらいてはいないが、わたしたらはもっとやすんでもいいのではないか」

「しょのとおり！」

私は組んでいた手をはずし、右手を上げた。賛成だ。

「ぷはっ」

「ルーク……」

ニコも兄さまを冷たい目で見た。

幼児二人に冷ややかに見られているのに、兄さまの笑いはしばらく止まらなかった。箸が転がってもおかしい年頃か。箸はないけれども。思春期だろうか。

そんな話をしているうちに、牧場に着いた。

私は竜車から走り降りたかったが、おとなしくハンスに降ろしてもらった。護衛の仕事を取ってはいけないからね。

それからニコと一緒に牧場の方に走り、柵のところで止まった。後ろから兄さまがのんびりとした足取りで付いてくる。

「いまから、りあのりゅうをよびましゅ」

「おお！　たのしみだ！」

私はもったいぶって柵の方に向き、大きな声で叫んだ。

「みにー！」

「キーエ」

「キーエ」

「キーエ」

私の前にはあっという間にラグ竜が集まってきた。もちろん、ミニーもいる。

「すごいなリア。こんなにミニーがたくさんいるとは」

ニコが感心したように私を眺めた。そんなわけないでしょ。

「ちがいましゅ。あの小さいやつでしゅ」

「お、おう。そうか」

「キーエ」

ラグ竜がニコを見て何か言っている。

「キーエ」

「キーエ」

「キーエ」

「ど、どうしたのだ」

鳴くついでに柵越しに匂いを嗅がれ、時に頭を押しつけられ、ニコが戸惑っている。小さい子の仲間かしら、増えたわね、健康かしらなどと言っているような気がする。

ニコはちょっと怖いけれど、逃げないように踏ん張っている。

「しょんなときは、こうちましゅ」

私は、私にも鼻や頭を押しつけてくる竜の頭を抱え込んでみせた。

「キーエ」

いい子ねと、鼻息をふんと吐いてそのラグ竜は去っていった。

「こうか」

ニコが思い切って竜の頭に両手を回す。

「キーエ」

「キーエ」

「キーエ」

合格よと、そう聞こえた気がした。

「りゅうとはあたたかいものだな」

「キーエ」

ニコをチェックして満足した竜たちが去ると、最後にミニーが残って、ため息をついた。

いい加減、ミニーが私のことだってみんな覚えてくれないかしらって？

皆覚えていてわざとやっているような気もするのだが……。

ところでいつも思うのだが、ニコの護衛は何をやっているのか。私が疑問に思い振り返ると、手を伸ばした姿勢のまま固まっている。

「あんたら何やってるんだ」

ハンスにまであきれられているではないか。

「いや、ニコラス殿下とリア様が一緒だと、何が起きるか予想もつかなくて」

「言い訳はいい。気合いを入れ直せ」

「はい」

おや、ハンスがかっこいいぞ。私が目を見開くと、ハンスはため息をついて、両手を広げた。

「リア様、俺だからこそリア様の護衛が務まってるって、わかってませんね」

ただの笑いすぎの人かと思っていた。

しかし、その間にも兄さまから指示が出て、ミニーの背にかごが付けられている。兄さまは、ニコの護衛にこう説明した。

「このラグ竜が安全かどうかは、私とリアが、何回も乗って試している。ハンス」

兄さまはハンスにも説明を求めた。

「はい、ルーク様。このかごをリア様やルーク様が使う時には、必ず俺か騎竜のうまい者が付き添うが、事故が起こるどころか起きそうだったことさえない」

「ルーク様とハンス殿がそう言われるのであれば」

護衛はニコをかごに乗せるのを納得してくれた。竜車ではなく、かごに乗る。私にとって、初めてのかごはいい思い出ばかりではないけれど、初めてかごに乗せられたニコにはよいものとなるようにと思う。

かごのよいところは、紐でしっかり固定されていても、目の前が全部見渡せるところだ。

「おお！　すごいな！　ミニー、かっこいいぞ！」

「キーーエ」

わかってるじゃない、と鳴いたミニーは私をちらりと見た。こういうふうにほめるものよ、だって。ではそのように。

「みにー、もちろん、かっこいいでしゅ」

「キーエ」

まあね。ミニーはふんと頭を上げると合図を待った。

「あい。ミニー、しゅしゅめ！」

「キーエ」

ミニーは気取って進み始めた。

「おお！　たかいな！　リア」

「あい。かじぇがきもちいい」

兄さまは自分の竜に乗ると、私たちの隣に楽しそうに並び、護衛が少し離れて付いてくる。

そして他の竜も一緒に進む。

「みにー、はちれ！」

「キーエ」

走れと言ってもとっとっと早足になるだけだが、それでもぐんとスピードが上がる。

「はやいぞ！　ははは！」

柵沿いにゆったりと走るミニーは、広い牧場の途中から勝手に折り返してくると、始めの場所に戻ってきて止まった。疲れすぎないように、何も言わなくてもいつものコースを走ってくれるのだ。

ミニーと私たちが戻ってきたところで竜たちは満足したようで、勝手に解散して牧場のあちこちに散っていく。

「すごかったな」

「きもちいいでしゅ」

かごからいったん降ろしてもらいはしゃぐ私たちを見ながら、ニコの護衛がまだ寒い季節だというのに汗をぬぐっている。

「こんな経験初めてです。竜は群れるものだとは知っていましたが、まるでリア様と殿下を守るように、遊ぶようにひとまとまりになって」

「驚いただろう」

　ハンスが護衛の肩を叩いた。

「どうやらお二人を守っているのだとわかるまでは何が起きているのかわからず、焦りました」

　竜が何かを攻撃することはないのだという。それでも、体が大きいから踏まれたりぶつかられたりしたら大きな怪我になるし、群れになると巻き込まれたらとハラハラする。護衛も落ち着かないことだろう。

　私は腕を組んでうんうんと頷いた。

　ハンスがそんな私を胡散臭そうな目で見る。

「リア様、護衛も大変だと思うのなら少しはおとなしくしててくださるといいのですが」

「りあ、いちゅもしじゅか」

　よちよちしかできない幼児に向かって何を言うのやら。もちろん、よちよちしているというのは比喩であって事実ではない。

「リア様がいらしてから、ある意味ただの護衛より緊張しますよ」

　ただの護衛もそうでない護衛もあるものか。

　しかし、私とハンスの不毛な言い合いはニコの声で強制終了になった。

「もういっかい！　もういっかいのりたい」

「ちかたないでしゅねえ」

私はちょっともったいぶると、ニコと一緒にいそいそともう一度かごに乗せてもらった。

「あの二人もルークも、北の領地に行く準備はできているようですな。さすが私の孫だ」

遅れて牧場にやってきた大人たちが、それを遠くから見学していたことも、おじいさまが満足そうに頷いたことも、その時の私たちは気がつきもしなかった。


牧場から屋敷に戻ってきてお父様の話を聞いた時、兄さまも私も思わず声を上げた。

「私もですか！」

「りあも？」

それはそうだろう。さすがの私も、まさか自分がこんな形で修学旅行に、いや、おじいさまの領地に行くことになるとは思いもよらなかった。

ミニーに乗っている間、常に上機嫌で大きな声を上げていたニコが、お母様にお話しするのだとニコニコと帰っていった後のことだ。

普段見るニコは、嬉しそうな顔をしていても大きな声を上げて笑うことなどない。常に落ち着いているスーパー三歳児（本人はもうすぐ四歳だと主張する）なのである。城にはなんだかんだ言っても勉強しに行っているので、割とまじめなニコしか見たことのなかった私も新鮮な気持ちだった。

もし今頃、北に行く話を聞いていたら大喜びだろうと思う。

「それにしてもニコ殿下は、王家の直系。魔力量からも確実にランバート殿下の後を継ぐお方でしょう。そんな方を王都から出すなんて、王家はずいぶん思い切りましたね」

「私も正直なところ驚いた。まあ、これから監理局を説得する仕事があるだろうが、普段無茶な要求はしない王家からの要望だ。なんだかんだ言って通るだろうよ。既にアルバート殿下はあちこちに出かけているしな」

兄さまの疑問にお父様が大丈夫だろうと答えている。

「私はいろいろなところに出かけられるのなら、それはもうどこにでも行ってみたいと思います。今回おじいさまの領地に行くのは二度目ですが、いずれにしろ夏にはリアを連れて行こうと思っていたので、それが早まってとても嬉しいですが、しかし」

兄さまは私の方を心配そうに見下ろした。

兄さまの言いたいこともわかる。私が王都に戻ってからまだ数か月しか経っていない。その間、結局はすぐにお城でニコの遊び相手をすることになってしまい、さらにはお披露目もしたばかりである。めまぐるしいことこの上なく、そんな生活では私が落ち着かず大丈夫だろうかと心配しているのだろう。

しかも、普通は二歳児を遠出に連れて行こうなどと考えもしないだろう。まして私は四侯の血筋であり、一度さらわれてしまったという経歴もある。実行犯は捕まったが、それも最後に私を連れていた犯人だけであり、最初に王都から連れ出した犯人も、その黒幕も何もかもわからないままなのだ。

「にいしゃま」

でも、私がそのことについて思い悩むことはない。

そもそも、思い悩んだらさらわれずに済むというなら、私はさらわれたりしなかった。身の安全は、周りの人が考えてくれるしかない。そのうえで、是非にも私を連れて行きたいというなら、まあ、行ってあげてもいい。

嘘です。出かけられるなら喜んで出かけます。ましてお母様の実家だというではないか。しかもおじいさまもニコも兄さまも一緒なのだ。あとギルも。楽しいことばかりではないか。

ただ、気になることがある。

「おとうしゃまは?」

部屋になんとも言えない沈黙が落ちた。

「リア、おいで」

「あい」

私がお父様のもとにとことこと近寄ると、お父様は私をさっと抱き上げ、膝に乗せた。

「お父様は別のお仕事があるのだよ。その仕事のために、王都を離れるわけにはいけない事情があってな」

しょんぼりした声である。

「おとうしゃま、しゃみちぃ」

それが一番心配なのだ。半年も離れていたのに、また数か月で離ればなれになることにお父様は耐えられるのだろうか。

「リア！　お父様も本当は行かせたくないのだよ」

「ディーン」

ひしと私を抱きしめてそんなことを言うお父様を、おじいさまがたしなめるような声で呼んだ。お父様の体が少しびくっとした。私は思った。

何かある。

そしてお父様の膝の上から兄さまを見た。兄さまは頷いた。

「お父様。いくら遊び相手だからといっても、私たちがニコ殿下に付いていく理由は本当はありませんよね。もしそうなら、なぜクリスは行かないのかということになる」

「それは、四侯のうち三家も付いていったらバランスが悪いからで」

「うちとリスバーンが行くのも多すぎですよね。それこそ、私だけ、ギルだけでもいいでしょうに」

私だけということはないのだろうか。私が首を傾げると兄さまはこう答えてくれた。

「リアだけではさすがに心配です。リアが行くなら当然兄である私もという話にはなるでしょう」

なるほど。私は膝の上からお父様を見上げた。兄さまもお父様をじっと見ている。

「うう」

「ははっ。ディーンも賢い二人の子どもには形無しだな」

「まったくもって面目ありません」

お父様はおじいさまに笑われてへこんでいる。

「本当に賢い子たちなのは、ここしばらく一緒に過ごしていて私もわかっている。特にルークなら、どうせこの後、噂などを拾って自分で結論を出すに決まっている。それならばリアも含めて、この場できちんと説明しておいた方がよいのではないか」

お父様は少し迷うように私を膝の上で揺らした。兄さまにはいずれ話したことだろうと思う。おそらく私に話すかどうかで迷っているのだろう。

「お父様、リアなら大丈夫ですよ」

代わりに兄さまが言ってくれた。

「しかしな」

「情報は多いほうがいい。本来なら二歳という年齢は、黙って守られているべき歳でしょうが、リアは違います。いえ、守られるべきではあっても、伝えるべき情報はちゃんと伝えたほうがいいと思うのです」

お父様は少しの間悩むように私を揺らすと、覚悟を決めたようにその動きを止めた。

「実はな。アルバート殿下がファーランドの貴族と見合いしている間に、イースターの第三王子が王都にやってくることになったらしい」

イースターの第三王子。黄色い目のあいつか。私の目はきつくなっていたと思う。

「リア？」

私はお父様の膝の上からもぞもぞと降りた。そしてお父様とおじいさまに向き合った。

「よわっていても、ちたいでもしゃがせ」

私の低い声に、お父様は瞬きをし、おじいさまは眉をひそめた。

私をさらった人が黄色い目をしていた、それがイースターの第三王子に似ていた、そしてその王子はどうやらリアを認識していたようだったと、このくらいしかお父様は聞いていないだろう。

だってお父様は、私からは辺境の暮らしを直接聞こうとはしなかったからだ。

「だいしゃんおうじ、いいまちた。りあがにげたとき」

「リア、ちたいとはなんだね？」

おじいさまが私の言葉をなんとか解読しようとしている。

「ちんでりゅひと。はんなのように」

誰かがひゅっと息を呑んだ。ジュードかもしれない。

兄さまはバートたちから話を聞いたし、私からも直接話したから私がどのようにつらい思いをしたかはわかっている。しかし、私を通さず、兄さまから話を聞いただけのお父様は、私がどのような状況にいたのかを知ることから逃げていたのではないか。

だから、第三王子のことは本当には疑ってはいないのだ。とりあえず、私と兄さまを嫌な思い出から遠ざけようとして、北へ行かせようとしたのだということはわかった。

でもこれだけは言っておこう。

私はお父様の目をしっかりと見つめた。

「わりゅいひと。おとうしゃま、ちゃんとみて」

そう伝えることしかできなかった。

お父様は私が言いたいことはわかってくれたのだろうか。あの時、真剣に頷いてくれたのは、理解したからだと思いたい。

要は、イースターの貴族が王都に見合いに来る時、第三王子もついでに付いてきて視察という名の観光に来るということらしい、と私は理解した。

そして、何やらいわくありげな第三王子と私が、顔を合わせる機会がないようにしようという配慮らしい。

ウェスターの城でもそうだったが、キングダムの王都に来て、皆に守られているところで騒ぎを起こすことはお互いにないだろうと私は思う。だから、ランバート殿下の気遣いも、お父様の気遣いも本当は必要なかったのだ。

むしろ、私たちのいるところで、第三王子がどう振舞うかを、お父様には見てほしかったような気もする。

だが仕方ない。ニコ王子の遊び、いや、勉強相手としては、王族に一緒に行けと言われたら行くしかないのだから。

「ずるいわ。リアとニコだけ」

「クリスもこれたらよかったのだが」

ニコが残念そうにクリスを慰めている。

アルバート殿下だけならすぐに出発できたのだろうが、オールバンス家とリスバーン家の跡取りも行くということになったため、準備に時間がかかるということで、話のあった次の週はニコのお勉強は普通に行われることになった。

　つまり、私もクリスもお城でニコと一緒に勉強しているというわけなのである。

　クリスが私たちとは一緒に行かないということは、週末にお父様から聞いていたが、クリス本人は今朝聞いたばかりらしく、おかんむりである。そりゃ行きたいでしょと私は思う。

「リアが行けるんならわたしだって行けるわ！」

「りあ、にいしゃまのおまけでしゅ」

　私は苦しい言い訳をした。一応はニコの魔力の先生である兄さまが行くのであって、私はついでということになっている。

「さ、クリス、いつまでも怒っているなら、連れて帰りますよ」

「それはいや、姉さま」

　クリスはフェリシアにたしなめられ、やっと静かになった。それでもフェリシアは叱るだけでなく、クリスのことをぎゅっと抱きしめた。

「姉さま」

「気持ちはとってもわかるわ。姉さまだって付いていきたいくらいよ」

　クリスはフェリシアの腰にぎゅっとしがみついた。

「姉さまはクリスと一緒に残るからね。少しお仕事を控えさせてもらって、一緒にいる時間を作りましょうよ」

「ほんと？」

「ほんとうよ。私だって普段いい子にしてるのよ。クリスと遊ぶご褒美くらいもらわないと」

喜んで跳ねるクリスを優しく見つめながら、フェリシアはぽつりとつぶやいた。

「クリスのことを勝手になんてさせないわ。私が守るんだから」

クリスのこと？　何のことか聞くに聞けずにいたが、ニコの、

「さあ、べんきょうのじかんだ。きょうもわたしがいちばんだな」

という言葉に、

「あら、それはどうかしら。いちばんと年上のわたしがかつとおもうわ」

とクリスが反応して、うやむやになってしまった。勉強に勝ち負けなどどうでもいいのである。

「あ、リア、もうかいだんのとちゅうまで上がってる！」

「あしがおそいからさきにいくさくせんだな！」

気がつかれてしまった。繰り返すが、勝ち負けなどどうでもいいのである。だが、言っておく。

「りあのあち、おしょくないでしゅ」

失礼な話だ。ただちょっと短いかもしれないだけである。

それでも結局先に図書室に行かれてしまった。今度はもっと早めに階段を上がろうと決意した。

クリスが素直に行くのをあきらめた一方で、おさまらないのはマークだった。

「私はもうとっくに成人しているし、それどころか父と交代で魔石に魔力を入れ、モールゼイの義務をきちんと果たしている。だからこそご褒美に私を連れて行ってくれてもいいのではないか」

ご褒美などと言っている時点でマークが成人しているかどうか怪しいものだ。それに、そのことは

絵本を読んでいる私やニコに言わず、向こうのソファで足を組んで本を読んでいるアルバート殿下に言ってもらいたい。

もっとも、今日はクリスが来なかった日なので、クリスにまた「行きたい」という気持ちを思い起こさせずにすんでよかったという気持ちはある。

「なあ、アル。私も行きたい」

幼児に愚痴を言うのはやっと終わったようだ。今度は殿下にぶつぶつ言っている。

「独身のお前を連れて行ったら、同じ年の男二人だぞ。『この際モールゼイでもいいから』などと見合いの矛先がお前に向かうどころか、王家にもモールゼイにも嫁をあてがいたいという貴族の娘が山ほど送られてくるに違いない」

「王都に残っても同じだ。一度受け入れた時点で、向こうはレミントンだけでなく、モールゼイにも相手を送り付けてくるに違いないからな」

「マーク」

殿下は静かにマークの名前を呼んだ。マークははっとして私たちの方を振り向いたが、私もニコもしっかりそれを聞いていた。

「むこう」

「れみんとん」

私とニコは、それぞれ気になったところを思わず口に出した。今二人はお見合いの話をしていたはずだ。ということは、レミントンにもお見合いの話があるということになる。

「おじうえ、むこうとはどこのことだ」

「ふぇりちあ、おみあいしゅる？」

それぞれ頭に思い浮かんだことを口にした私たちに、マークは困ったなと言うように肩をすくめ、アルバート殿下はだから言っただろうというように天を仰いだ。

「本当にこの小さい二人組には油断がならないな」

独り言のようにつぶやくと、アルバート殿下は私たちにきっぱりと言った。

「この間抜けが今話したことは、大人の話だ。子どもが聞いていい話でも関わっていい話でもない。お前たちは、北の領地への旅のことを考えてさえいればよい」

時にはこのように、余計なことに口を挟むなという大人がいてもいいだろう。私たちは二歳と三歳の幼児なのだから。しかし、聞いていい話でなければ聞かせるべきではない。

ニコは私と目を見合わせた。そして新しい本を取るふりをして図書室の奥の方に移動した。私も絵本を持って付いていく。ニコは本棚で何の絵本を選ぶか悩んでいるふりをして、私に小さい声で話しかけた。少し離れたところからは、二人で絵本の相談をしているように見えるだろう。

「リア、むこうとはなんのことか。しっているか」

「おとうしゃま、いーしゅたー、いってまちた」

「イースターか」

どうやらニコは、自分たちはアルバート殿下に付いていくということしか知らされていなかったらしい。それはそうだろう。旅に出るということだけで普通は頭がいっぱいのはずだ。

「おじうえはおみあいにきたのりょうちへいく。マークがおうとにのこってもおなじ。つまり、レミントトンにもモールゼイにもみあいのはなしがある」

「ふぇりちあ、おみあい」

「フェリシアがけっこんしたがっているとはしらなかった」

「りあもでしゅ」

年頃だから仕方ないのかもしれないが、フェリシアは次期当主になることと、クリスのことで頭がいっぱいで、恋愛や結婚のことなど考えているようには見えなかった。

「もっとも、マークはそろそろけっこんすべきとしてであろう。おじうえですらみあいにいくのだからな」

「まーく、まだこども」

「リア、しつれいなことをいうものではない。マークはあれでおじうえとおなじとしなのだぞ」

「あるでんかもこども」

「私がどうした」

私とニコは書棚に向かったまま固まった。すぐ後ろにアル殿下の気配がする。

「私もだよ。マークがなんだって?」

マークもいた。

結局子どもは自分の旅のことだけ考えなさいと、改めて説教されてしまった。

詮索されるようなことを言う大人も悪いと思うのだが。

まあ、私が考えても仕方のないことではある。割り切っていつもと変わらない毎日を過ごしていたら、あっという間に旅に出る日が近づいてきた。

出発するのに護衛を集めると言っていたから、どんな規模になるのかと思ったら、護衛の総勢が三〇名ほどで拍子抜けしたと言ってもいいだろうか。出発の数日前の顔合わせの時のことだ。

アルバート殿下は、元々身の回りの世話をする人など連れて歩かず、護衛と補佐の仕事をする人を合わせても一〇人以内で行動するのだという。

「昔話にあるような盗賊団など、キングダムには存在しないのでな。襲ってくるとしても一〇人以内だから、それで大丈夫。むしろこれ以上人数が増えると、滞在する相手に迷惑」

なのだそうだ。王族が来ているというのに宿になど泊まられたら、体裁が悪いということらしく、視察に行くと必ずと言っていいほど現地の貴族の屋敷に招かれるからだという。

兄さまやギルにもそれぞれ護衛がつき、そのほかは護衛隊の精鋭が集められた。もちろん、私にはハンスが付くし、身の回りのお世話ということでナタリーがついて来てくれる。

私はまだ二歳だというのに、護衛隊には縁が深い。そもそもさらわれた時、お父様と一緒に来たのが護衛隊だったし、ウェスターの国境までお迎えに来てくれたお父様にくっついてきた人たちも護衛隊だった。その護衛隊を率いていたのは、若いのに堅物の人だった。今回もその人が隊長を務めるようだった。名前は確か、

「ぐれいしぇしゅ」

だったと思う。グレイセスは、

「覚えておいででしたか、リーリア様」

と、生真面目な顔をほんの少し緩めてくれた。

「閣下の娘とは思えません」

とつぶやいたのは聞こえなかったことにしておこう。私たちとの顔合わせでもあるが、アルバート殿下と護衛隊の最終打ち合わせでもあるようだった。

「護衛対象が二歳児と三歳児ですからね」

「もうすぐよんさいである」

「二歳児ともうすぐ四歳になる子どもですからね。慎重にいかないと」

ニコの突っ込みに、グレイセスが冷静に言い直していておかしい。アル殿下に、グレイセスがこの間の旅の様子を話している。

「とはいえ、リーリア様は旅慣れていらっしゃる。この間のウェスターからの旅も、大人とそう遜色のない日程で帰ってこられましたが」

「しかし、ニコは三歳で」

「もうすぐよんさいである」

「ニコはもうすぐ四歳であり、そもそもじっと竜車に乗っているのに耐えられるとは思えぬ。ちょくちょく休憩を取り、早めに宿をとるようにした方がいいと思うのだが」

事前に予定を組んで各地の貴族に通達を出しておくのではないだろうか。まだ日程が決まっていないとは、それは行く先の貴族に迷惑なことだとちょっと思った。

しかし、今度の旅は急ぐものではない。私の大事なお父様はちゃんと王都で待っているし、兄さまは旅の間ずっと一緒だ。私にとっては何の不安もない。

「にこ、べんきょう。いしょいでも、ちかたないでしゅ」

私はグレイセスにそう言った。一応アル殿下のお見合いとはいえ、ニコの修学旅行のようなものでもあるのだから。

「お前は」

「あにをひゅる」

アル殿下は私の前にしゃがみこむと私の頬を両手でつまんだ。

「まだ二歳児のくせに、旅慣れているどころか旅程に口出しまでして。くっ、柔らかいな」

「はなしぇー」

つまんで揉むのはやめてほしい。そこにやっと殿下を止めてくれる人が現れた。

「アルバート殿下、手を離してください、大人げない。リア様がニコ殿下と仲がいいからといって、みっともないですよ」

「ハンス、言いすぎです。たとえ真実でも不敬です。それにニコ殿下ではありません。ニコラス殿下です」

「ルーク様、申し訳ありませんでした」

ハンスと兄さまだ。実際、王族のやることに一介の護衛が口を挟むのは不敬なのである。ハンスは殊勝に頭を下げるとちゃんと言い直した。

「アルバート殿下、手を離してくださぃ、大人げない。リーリア様がニコラス殿下と仲がいいからといって、みっともないですよ」

「ニコラス殿下と言いさえすれば、中身が不敬でいいということではないぞ」

アル殿下はハンスに文句を言いながら私の頬を離して立ち上がった。やれやれである。

「リア、だいじょうぶか。おじうえはときどきこどものようなのだ」

ニコは私の頬をそっとさわった。叔父さんとは大違いである。

「ニコ、お前は味方だと思っていたのに」

アル殿下は落ち込んでいる。

「おじうえはだいすきだが、ごふじんのほほをひっぱってはならぬ」

正論である。

しかし、そんなことより旅程を決めてはどうか。

「もう少し早めに回れるかと一瞬思ったが、無理をしても仕方ない。当初の予定を崩さず、ゆっくり行って帰ってくることにしよう。オールバンスの者が一緒なので、ネヴィルにも滞在しやすくなったしな」

ネヴィルにはおじいさまと一緒に行くうえ、向こうには叔父様もいるし、ラグ竜もいるから楽しみだ。

今回の打ち合わせは、既に日程は決まっていて、少しでも早く帰ってくるべきかどうかという相談だったようだ。私はともかく、ニコのことを考えたら余裕のある日程を立てるべきだ。

「それがよい。リアはたびなれているそうだが、それでもひるねのじかんはひつようだ。よくねるかな。おじうえ、いちばんちいさいこのことをかんがえ、ゆっくりいくべきであろう」

「にこ、えりゃい！」

そのニコの一言が決定打だったようだ。護衛がわらわらと動き出した。私も日々勉強仲間としてニコを鍛えたかいがあるというものだ。私はニコをほめ、腕を組んでふむと頷いた。

「なぜ幼児二人が決定権を持っているのか」

「まあ、決まっていたことの再確認ですから」

アル殿下は何やら嘆いていたが、自業自得だという目で兄さまが見ていた。旅に行くと決まってから、兄さまは学院で噂を集めたりマークと話したりして情報収集していたらしい。

旅の準備に家に戻っていた日、お父様には内緒でこんな話をしてくれた。

「リアに言ってもわかるかどうか、要はアルバート殿下は、したほうが面倒がないという理由からお見合いは受けるが、楽しみで行くわけではない。それなら、かわいがっている甥っ子を連れて行けば楽しいではないかと思ったらしいですね」

「たのちいから……」

私はちょっとだけあきれた。

「王族には四侯以上に、王都にとどまっていなくてはいけないという圧力がかかっています。アルバート殿下は、それが子どもの頃から嫌でたまらず、それで今視察に頻繁に出ているという面もあります。だからニコ殿下を、自分の力の及ぶ範囲であちこち連れ出したかったようです」

理由はともかく、ニコがあちこち行くことはいいことだと思う。

「問題は、私たちも都合よく巻き込まれたということです。私は正直なところ、お父様と一緒にいるところで第三王子と対峙したかった」

「りあも」

「リアはだめですよ」

兄さまは、私の隣でベッドに寝転がりながら首を横に振った。

「アルバート殿下と行く北部より、王都の方が問題が大きいような気がするのです。マークにもきちんと事情は伝え、お父様とも真剣に話し合ってはいますが、どうなることか」

「まーく」

私はあのマークで大丈夫なのかという目で兄さまを見た。兄さまはくすくす笑って、私の頬を突っついた。

「私たちには気を許しているらしく、子どもっぽい所もありますが、あれでモールゼイの跡継ぎです。信頼はできますよ。ただ」

兄さまは気がかりそうに天井を見上げた。

「レミントンとは親しくありませんから。フェリシアとクリスについては、どうしようもないのです」

なぜクリスの名前が出て来たのかその時の私にはわからなかった。ただ、クリスも一緒に行けたらよいのにと思っただけだった。

◆

北の領地に出かける準備で屋敷中が忙しない中、休日なのにお父様が城に呼び出され、兄さまもリスバーンの家に行って留守であるという珍しい日があった。

今までは、いなかった時を埋め合わせるように、お休みの日は必ず二人そろって私の側にいたものだが。

だが、寂しいということはない。

「おじいしゃま」

「さ、リア、何をして遊ぼうか」

屋敷にはおじいさまがいるからである。兄さまとお父様が競うように私と一緒にいたがるので、せっかく屋敷に来ているおじいさまはちょっと遠慮していたのか、少し離れて微笑ましく眺めているのが常だったのだ。

「おうち、たんけんちましゅ」

「ああ、なるほどな」

おじいさまはすぐに納得してくれた。

さらわれるまでは、自分の部屋とお父様の執務室と廊下、階段、そして外遊びの庭くらいしか知らなかった。

帰ってきてからは、忙しすぎて、屋敷の中をあちこち行くなんて無理だったのだ。温室ですらほんの数回しか行ったことがなかったのだから。

おじいさまは私と手をつなぐと、以前の私の部屋を通り過ぎて迷いもせずまっすぐ東棟の奥の部屋に行った。

そこは噂でしか知らない、お母さまの部屋だ。おじいさまが迷わずドアに手をかけたが、ドアは開かなかった。

「鍵がかかっているな」

「りあ、みたことない」

「やはりか。おい、君」

おじいさまはそこら辺を歩いていたメイドを呼び止めると、

「ジュードを呼んでくれないか」

とお願いをしている。おじいさまが使用人を煩わすことなんてなかったから、ジュードは驚いたのか急いだ様子でやってきた。

「クレアの部屋だそうだが、鍵がかかっていてな」

「ここは、ええ」

ジュードは困ったように私の方を見ると、迷うように話し始めた。

「ここはご当主しか入れないようになっているのです。たとえ閣下であっても、リア様であっても許可がない限りは鍵はお渡しできません」

「とはいえ、娘が母親の物に触れられぬなどおかしくはないか」

「おかしいに決まっています！」

いつも冷静なジュードが大きな声を出したので私は驚いた。

「それでも、私どもはクレア様を失った時のご当主の嘆きようを知っています。お屋敷はそれはもう針を落としても音が聞こえるかと思うほど静かでした」

そんな中私の泣き声だけが響いていたんだな。その頃の寂しさを思い出したらちょっと腹が立ってきたかもしれない。

「リア様には本当に申し訳ないことをしました」

ジュードは片膝を床につけて私と目を合わせた。

「やっと今、ご当主の心はほどけ始めたところです。リア様が母を慕って泣くのが怖いからとクレア様の思い出を隠してしまわれるなど、主として情けない限りですが、それでも我らは、ご当主の気持ちを大事にしたいのですよ」

「とはいってもなあ」

おじいさまがどうするかというように私を見た。私がここでわがままを言えば、おじいさまはきっと強引にでもドアを開けてくれようとするだろう。

私は部屋のドアを見た。

もし私がおじいさまと一緒に部屋に入ったと知ったら、お父様は怒るだろうか。

私は首を横に振った。

いや、きっと、「自分が見せたかった」と嘆くと思う。

本当に勝手なんだから。

私は隣のおじいさまを見上げると、

「べちゅにいい」

と答えた。

途端に抱き上げられ、ほおずりされた。

「なんて健気なんだ、この子は！」

「ああ、ご当主の気持ちなど、この際どうでもいいか？」

ジュードまで苦悩している。なんなの、まったく。

「クレアが嫁に行くまでどんな子だったかは、北の領地に来たら話してあげような。だから今は、クレアの結婚した時の話をしようか」

お屋敷の探検だったはずだが、思いがけずお母様の話を聞くことができそうだ。

「私がこの屋敷に来たのはただ一度、クレアの結婚式の時だけなんだよ。その当時のルークは、まだ学院にも行っていなくて引っ込み思案でなあ」

中央階段まで歩きながらそんな話をしてくれた。

「ちいしゃいにいしゃま」

きっとかわいらしかったに違いない。

「私が来たときには、すっかりクレアとも仲良くなっていて、クレアにそっと近づいては抱きしめてもらい、抱きしめられては赤くなって逃げ出す様子がそれはもうかわいくて」

「かわいい」

その様子を思い浮かべるとほっこりする。

「しかし、そんなルークの様子もディーンの目には入っていなくてなあ」

「おとうしゃま……」

「クレアを挟んで、一見幸せな家族に見えなくもなかったが、その時の家族はまだばらばらだった。クレアがきっかけを作り、リアが頑張って、やっと本当の家族になれたんだな」

「あい」

兄さまは私に、少なくとも兄さまにはお母様と過ごした思い出があると言った。私にはそれすらないのに、会いに来なくてごめんねと。

でも、お母様と出会うまで、寂しく過ごしていた時間は私より長いのだ。

「にいしゃま、がんばった」

「そうだなあ、ルークは頑張ったなあ」

二人でうむと頷いていると、階段のところまでやってきた。

「私たちが下で待っていると、クレアがきれいな白いドレスを着てこの階段の上に立ってなあ。裾なんてこーんなに長くてな」

「しゅごい」

「どんくさいクレアにそんな服を着せたら転んでしまうと、身内はみんな心配したものだが、ディーンがどうしてもクレアを着飾らせたがってな」

どんくさいとはどういうことか。お母さまはきれいなドレスを着て嬉しかったと思うのだが、一応聞いてみよう。

「おかあしゃまは」

「嬉しくないこともないが、コルセットがきついと披露宴のご飯が食べられないかもと心配していてな」

「料理は全種類きちんと取り分けておくからと説得したのですよ」

「じゅーど」

びっくりした。ジュードも付いてきていたらしい。

それにしても、お母さまの行動に心当たりがありすぎてちょっと気まずい。

ジュードの目がさすが親子ですと言っているような気がする。

「階段の下からディーンが上まで駆け上がり、それは幸せそうにクレアの手を取るものだから、まあ、仕方ないかなとそのときやっとあきらめがついたかな」

あきらめたというおじいさまは、ちょっと寂しそうに笑った。

「リア！」

玄関の方からお父様の声が聞こえた。

「しまった！　ご当主がお戻りに。思ったより早かったですね」

ジュードは一応玄関でお父様を出迎えねばならないのである。

ジュードが急いで階段を下りたところで、お父様が姿を現した。

「あの時もあんなふうに、階段の下からクレアを見上げていてな」

おじいさまがこっそりと教えてくれた。では私はお母さまのつもりでにっこりと笑おう。

「クレア？」

お父様が心許ない声で小さくつぶやいた。

「りあでしゅよ！」

「リア！」

お父様は階段を駆け上がると私を抱き上げた。

隣でおじいさまがやれやれとあきれた顔をしているが、口元には柔らかな笑みを浮かべている。

「お義父さん、リアをありがとうございます」

「なに、リアの相手ならいくらでも大丈夫だ」

「リア！　ただいま！」

兄さまも駆け上がってきて、私とお父様に抱き着いた。

「お茶の準備ができておりますよ」

階段の下からジュードの声がする。

「おやちゅ！」

今日は皆でお茶とおやつだ。

結局、お屋敷の探検は何一つできなかったことに気づいたのは、その日の夜のことだった。

私はいつになったらオールバンスのお屋敷全部を見ることができるのだろうか。

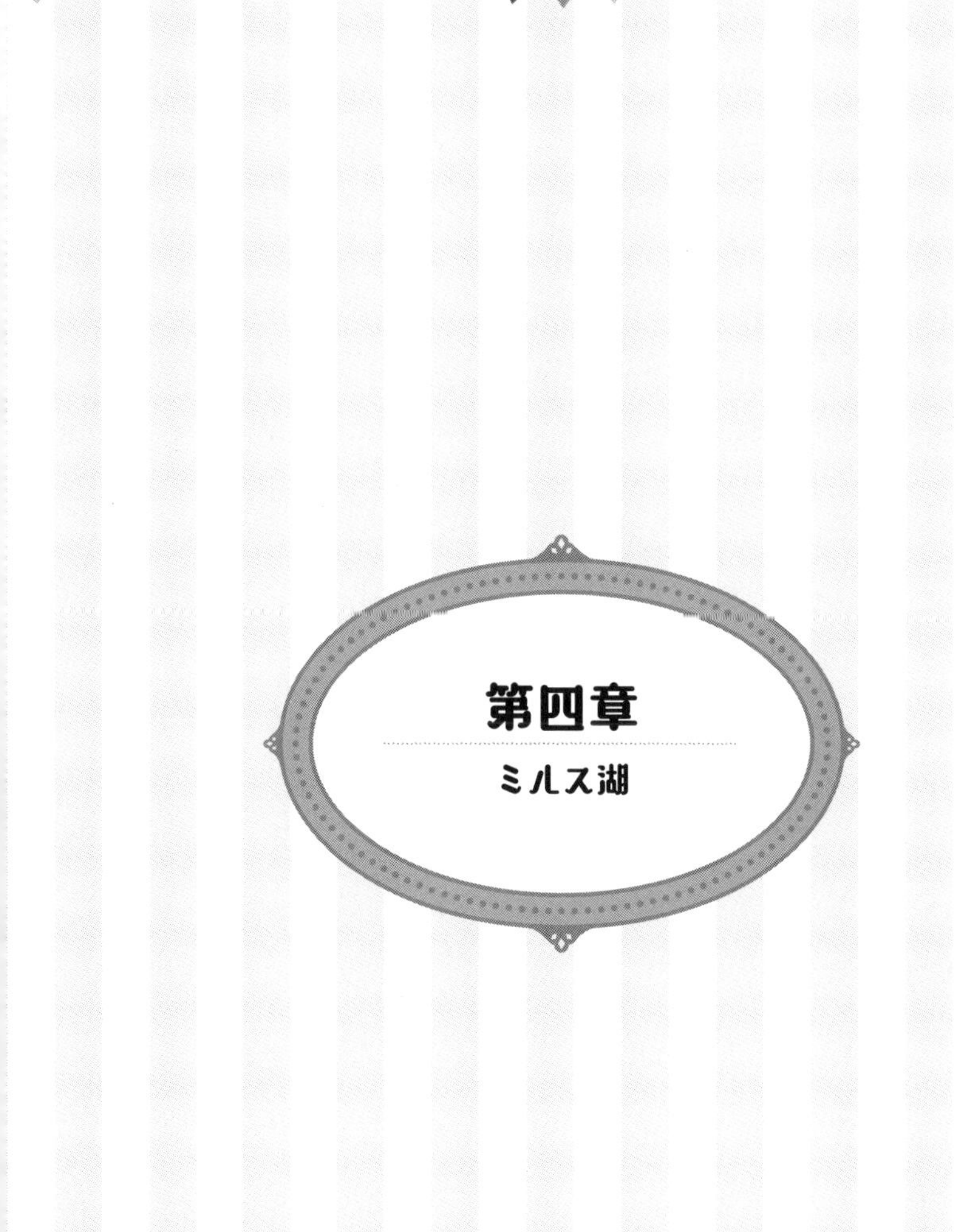

第四章

ミルス湖

「気をつけてゆくのだぞ」

そう言って私たちの出発を見送るお父様だが、一見冷静に見えていてもから元気を出しているのを私は知っている。

「リアのことは私が守ります」

「ルーク！」

しっかり宣言する兄さまを、我慢できずにお父様はぎゅっと抱きしめた。途端に見送りの群衆から驚きの声が上がる。

人数も人数だし、この北部への移動のことは国民に公にして大々的にやったほうがいいだろうということで、出発式は城の前の広場で行われている。そのため、王都の人々がかなり集まっていたのだ。

「リアのことはもちろんだが、ルーク、お前自身も大切にしておくれ。リアもルークも大切な私の子だ」

「お父様」

兄さまが父様をぎゅっと抱きしめ返す。私は次に抱っこしてもらえるとわかっていたが、待ちきれなくて二人の足にぎゅっと抱き着いた。

「リア」

「おとうしゃま。にいしゃま」

私のことを抱き上げるお父様に兄さまがくっついている。輝く金の髪に淡紫の瞳の三人の仲のよいさまは、オールバンスの家が確かに安泰であることを群衆に感じさせるものだった。それはキングダ

ムの結界の安定につながる大切なことで、歓迎されるべきことであった。

私たちの隣では、ギルが同じように両親との別れを惜しんでいる。

「リア、ルーク、ギル、そろそろいこう」

大きな声で呼びかけるのはニコだ。そもそも王族が民の前に出ることなどめったになかったのに、ニコとアルバート殿下の見送りのために、金の瞳の王と王子までが城の外に出ている。

間近で見る四人の王族は、民にとって輝かしいものだった。

竜車に乗り込み、出発する私たちを、群衆が大きな歓声で見送った。

「キングダムの世継ぎが旅に出たことはこれで公になった。その一行を襲う者はまずおるまいよ」

「はい」

難しい顔で王の言葉に頷き、ニコを見送ったランバート殿下は、本当は幼いニコをまだ外には出したくなかったのだろうと思う。しかし出てしまったものは仕方がないのである。私たちは素直に楽しんでくるしかない。

竜車には毎日城に行くのに乗っている。それでも、いつもと違う道を通り、いつもと違う町並みを眺めるのは楽しかった。

やがて家がまばらになると、そこは懐かしい草原だった。心なしかラグ竜も楽しそうだ。

「今日一日は竜車に乗って、明日からは様子を見てミニーに乗りましょうか。私も竜車より竜に直接乗りたい」

「あい！」

私も、竜車よりも竜のかごに乗る方が面白い。それでも体裁というものがあり、やはり民には竜車に乗って出発するところを見せねばならないのだった。

午前に出発したが、見晴らしのよい所でお昼休憩となった。ほんの二時間ほどなのだが、竜車にずっと乗っているというのは案外つらいものだ。

私は兄さまの後に竜車を降りると、うーんと伸びをした。王族の竜車からはニコが降りたかと思うと立ち止まり、伸びもせずに目を輝かせて草原の方に走っていった。慌てて護衛が追いかけていく。

私はフッと笑った。

「げんきでしゅね」

「リア、お前……」

兄さまはおかしそうに笑っただけだったが、ギルが何か言いたそうに私を見た。

私がなにか？　元気ですけど。

「リア！　くさのせがたかいぞ！」

「あい！」

呼ばれたら行くしかないではないか。私はニコのいるところに走っていった。

「ああ、ついにリアもよちよちしなくなってきたか」

「とことこしてるだけですけどね」

ついによちよちしていないというお墨付きが出た私は、ニコのもとにたどりついた。

「しろにはこんなせのたかいくさはなかった」

背が高いと言っても、私たちの腰くらいの高さだ。しかし、確かに、城の庭はいつでもきれいに手入れされていて、虫を見つけるのにも苦労するほどだ。

私は草は自分の身長より高くなるという経験をもとに、ニコに説明してあげた。

「なつになったら、もっとおおきくなりましゅ」

「ほんとか！　なつにもこねばならぬな」

まだ春というには肌寒い草原は、緑のところも残っているが、背の高い草は枯れてかさかさと風に揺れるばかりだった。それでも整えられた庭しか見たことのないニコには面白かったのだろう。

私はちょうど足元に落ちていた、枯れて折れている硬い草の茎を拾ってニコに見せた。これは振り回すしかない。

「えい！　えい！」

「それはいいな！　えい！」

枯れた草と戦った私たちが、茎を持ったまま竜車のところに戻る頃には、お昼の準備がされていた。

小さいテーブルのセットが二つ、これは王族用と私たち用だろう。

「いしゅ、いりゃない」

「まあなあ。けど、せっかく用意してくれたんだから座ろうぜ」

ギルに促されて椅子に座る前に、ナタリーがそっと私の手を拭いて、頭から枯草を取ってくれた。

ナタリーはいつも冷静なのだ。ドリーならひっくり返りそうになっているのになあと少し懐かしくなった。

ニコが嬉しそうに足をぶらぶらさせて、アル殿下に注意されている。そう言えば、城ではいつもお昼にはお父様が迎えに来ているから、ニコしご飯を一緒に食べたことはない。

「リア、足を落ち着けようね」

「にこのがうつりまちた」

ニコを見ていたら足のぶらぶらが移ってしまったようだ。兄さまに注意されて言い訳している私をおじいさまがとりなしてくれる。

「まだよいではないか。リアは二歳なのだぞ」

「おじいさま、できるのにやらないのは怠慢だと思います」

兄さまはこういうところは厳しいのだ。

「う、うむ。そうか。クレアは何かができただけで家族は大喜びだったからな。リアは丈夫に生まれてきてよかったな」

「あい！」

お母様は体が弱かったせいでずいぶん大事にされていたらしい。お母様の娘時代の絵も残っているそうで、今から楽しみなのである。

お昼を食べ終わり、手早く片付けが済むと私たちの竜車は、一部の座席が折りたたまれて簡易のベッドに早変わりしていた。それで少し大きめの竜車になっていたのかと納得した。

「リア用ですよ。もしかしてお昼寝したくなった時のためです」

「しゅごい！　でも、りあ、おひるねちない」

いつもいつも寝ていると思われては困る。私はプイッとした。

「今日の目的地のコールターは、湖の町ですからね。早めにお昼寝しないと、湖を見損なうかもしれませんよ」

「ねましゅ！」

そう言えば今日は、王都の北西部にある湖の南端が目的地だ。そして湖沿いに北上して、明日がコールターの伯爵の館だったと思う。王都の北西部、ネヴィルの手前はこのコールター伯の領地となる。

「この草原ももうコールター伯の領地ですよ。ミルス湖がこんなに王都の近くだったとは私も知りませんでした」

兄さまが地理の説明をしてくれる。ホカホカのお布団に竜車の規則正しい揺れが伝わってきて、まるで誰かがトントンと背中を叩いてくれているようだ。

「あれだけ暴れていれば疲れもしますよね」

「やんちゃだよな」

やんちゃではない。普通の幼児である。しかし、次に聞いた声は、

「リア、リア、湖が見えてきましたよ」

という兄さまの声だった。不覚にも寝てしまったようだ。しかし、兄さまの声が少しおかしい。

「にいしゃま、へん」

「変なことはないですよ。リア、でも」

私はベッドから起き上がって、腕をこすっている兄さまを見た。まるで鳥肌が立っているかのようだ。ギルも不思議そうに兄さまを見ている。兄さまは迷うような目で私を見て、ためらいながらこう口にした。

「リアは感じませんか。湖の方から、何かを……」

「みじゅうみ」

私はベッドから降ろしてもらう。お布団をはがすと、ナタリーがかちんかちんとベッドのあちこちを動かしてあっという間に元の座席に戻してしまった。

「しゅごい」

「練習しましたからね」

ナタリーが珍しく満足そうに頷いた。よほど練習したのだろう。

「リア、座席へ」

「あい」

兄さまに抱きかかえられて、座席に立つと、竜車の窓から兄さまと一緒に湖を眺めた。ギルも私たちの後ろから覗いている。

だいぶ前から見えていたのだろう。かなり湖の近くまで来ていたようだ。竜車の窓から見える湖は大きく、向こう岸がはっきりとはわからないほどだった。いや、よく見るとかすんで見えるあれは山だろうか。

「うぇりんとんさんみゃく」

「その通りです。ミルス湖はウェリントン山脈から流れ出る水が集まってできた大きな湖なのです。王都がいくつ入るかと思われるほど大きいのですよ」

「実物を見るまでは、ここまで大きいとは思わなかったな。雄大な景色だ」

ギルも一緒に窓から外を覗いている。しかし、感動だけするには、確かに何かが違う。私は首を傾げ、感覚を研ぎ澄ませた。こういう時は、気配に敏感になるに限るのだ。

「なにか、ちがう」

しかし記憶にある気配だ。私は順番に思い出していく。キングダムに戻ってからの記憶ではない。ウェスターの領都、違う。草原の町、違う。海の町、そう。そしてウェリントン山脈。懐かしいトレントフォースの町。結界に守られた町。でも、結界の端だから時々は結界が揺らぐ町。

私はハッと顔を上げた。

「けっかい、ありゅけど、よわい」

「それです！」

兄さまがかっと目を見開いた。怖いよ。

キングダムの結界は、揺らがない。王都にいればましてそうだ。ウェスターにいる時は、たまに使う結界箱や自分の結界の中にいる方が不思議な感じだった。

しかしキングダムに戻ってからは、結界の中にいるのが当たり前で、結界のない状態を忘れていた。

湖と湖の周辺は、少し結界が弱いのだ。

「ウェリントン山脈を越えて向こう側がトレントフォースです。リアの話ではトレントフォースには結界が届いていた。ここで結界が弱っていたら、トレントフォースまで結界は届かないはず。なぜだ」

兄さまは頭がよい。しかし、私はバートたちと旅をしていた時の、虚族の性質を思い出していた。なぜできるだけ川の側でキャンプをしたのか。

「みじゅでしゅ。きょぞく、みじゅ、にがて。おおきなみじゅ、こえりゃれない」

「リア、それは本当ですか。そんなことは聞いたこともないですが」

それはそうだろう。キングダムの中の者が知っていたからといって何の役に立つというのだ。それどころか、辺境ですらハンター以外はあまり知らない知識だと思う。

「しかし、虚族が水が苦手というのと、結界がここで弱まっているというのは問題が違います」

そうだろうか。虚族は魔力の塊だ。その魔力の塊が水が苦手というなら、魔力が変質しただけの結界の力も、水の上では弱くなってもおかしくはないのではないか。

「にいしゃま。けっかいも、まりょく」

「結界も、魔力の一つの形。リア、そういうことですか」

「あい」

兄さまは納得できないように考え込んでいる。

「あの高くて厚い山脈ですら結界は通す。それなのに、なぜ、水で弱まるのでしょう。ここで弱まっても、山脈のところでまたもとに戻るとでもいうのでしょうか」

残念ながら、私にはそれに答えることはできなかった。私自身も知らないことだったからだ。

「さあ、考えている間に湖に着きそうだぞ。それにしても、俺には感じられないな。湖の側だからか、多少湿気があるような気がするが、それだけだ」

「感じられないのならそのほうがいいのでしょうが」

結界が弱くても虚族が出ないのなら、特に問題はないのである。

「あしょぶ！　おみじゅ！」

「その暇があるといいですが。どうやらお迎えが来ているようですよ」

「ええ……」

不満はあるが、今の私はしょせんニコの付き添い。おまけのようなものである。地元の貴族がニコとアルバート殿下を歓迎したいというのなら、水遊びなどせず、それに付き合うしかないのだ。

だとしたら、楽しみは歓迎の食事会だろう。

「ごはん、おしゃかな。りあ、おしゃかなしゅきでしゅ」

「おしゃかな？　ああ、魚か。確かミルス湖では、マスのフライが有名だったような気がする」

「ぎる、えりゃい！　よくちってた！」

「お、おう。常識だぞ？　王都に近いから王都でもよく食べられているが。もっとも、湖の側だから新鮮だろうな」

結界が弱くても、お魚がおいしければどうでもいいのである。

ウェスターから帰ってきた時のように、四侯だけであれば、私たちもちやほやされたかもしれない。

しかし、王族が、しかも王の孫にあたる王子が王都から出たという価値に比べたら、私たちなど路傍の石のようなものであった。特に私は。

私たちにも一応礼は尽くされたが、ニコとアルバート殿下への歓迎ぶりはすごかった。

当主の挨拶に、いつものように鷹揚に頷き、きちんとした対応をしていたニコだったが、その目がちらりと湖の方へ向いたのに気づいていたのは私だけだったかもしれない。

当主の館についたのは夕方になろうとする頃だった。そこから旅の汚れを落とし、当主一家だけでなく地元の有力者との挨拶、会食、その間中、お相手と称して一〇歳以下と思われる貴族の子どもたちがニコにはあてがわれる。

それは扱いが今一つといえ、私たちも同じことで、特に兄さまとギルは、着飾った女の子たちに囲まれてお相手をするのに大変そうだった。

私はと言えば、

「おしゃかな、もうひとちゅ、くだしゃい」

一人黙々と食事を楽しみ、まさに今お代わりをするところだ。

どうやら、ちょうど合う年頃の幼児がいなかったらしく、放っておかれているのである。ありがたい。

ギルの言った通り、新鮮なマスは絶品で、特にたっぷりの油で揚げ焼きした大きなマスに、レモンのような柑橘類を絞った料理は頬が落ちるかと思うほどおいしかった。私にはきれいに切り分けられた小さな一皿が出されたが、それだけでは足りない。もう少し食べたいのである。

「お嬢様、この後に、ウェリ栗のケーキも出ますよ。お腹を空けておかなくて大丈夫ですか？」

お代わりを頼んだ給仕の人がこっそりと教えてくれた。

「うぇりぐり！　だいしゅき！　でもおしゃかなも、くだしゃい」

「ここら辺の特産ですからね。お魚もお持ちしますね」

「あい！」

私は小さい声で頷いた。給仕の人が怒られたら困るからだ。しかし、ウェリ栗はウェスターの名産ではなかったか。ほどほどにお腹を空けておいた私は、少し首を傾げながらも、栗のケーキを思う存分に食べられたのだった。

それでも夜はまだ続くらしい。兄さまたちは大変だが、私は部屋に戻ることになった。

部屋に残る兄さまにごめんねと合図されるが、私にはナタリーもハンスもいるから大丈夫。兄さまに頷いてみせると、私はさっきの給仕の人を掴まえてそっと頼みごとをし、先に部屋に戻った。

「俺はリア様付きで助かったぜ。ルーク様もまだ一二歳だっていうのに、四侯も王族もめんどくせぇな」

「ハンス、思っていることをどこででも口にするものではありません」

ぶつぶつ言うハンスをナタリーが静かにたしなめていて面白い。私たちがゆっくりと部屋に戻って寝る準備をしていると、ドアが叩かれた。

「言いつけの物を届けにまいりました」

やってきたのはワゴンを押したメイドだった。かごを二つ上下に分けて乗せている。

「何も頼んでないはずだが」

ハンスが警戒して厳しい声を出した。

「りあがたのみまちた。ありがと」

「リア様ですか。言っといてくださいよ」

「ごめんなしゃい」

確かに、部屋に届け物など怪しすぎるではないか。それでもナタリーがかごを受け取っておいてくれた。

「では、これからおでかけでしゅ」

「おでかけ？　何言ってんですか、リア様。お休みの時間ですよ」

屋敷ではハンスも夜はお休みなのだが、旅行中はほぼ一日付いているので若干口うるさい。

「にこのとこ、いきましゅ」

「ニコ殿下ですか。さすがにそろそろお戻りでしょうが、なんでまた」

私は黙ってハンスを見た。ハンスは頭をカシガシとかきむしった。

「わかりましたって。でも、用を済ませたらすぐ戻りますよ」

「あい。なたりー、おおきなかご」

「こちらを持つんですね」

ナタリーはすぐに察してかごを持ってくれた。ハンスは手が空いていなくてはならないので、ハンスに持たせるわけにはいかないのだ。

ドアの外には護衛の他には警戒するようなものは何もなく、ハンスが迷わずニコの部屋に連れて行ってくれた。

「ここがにこのへや？」

「正確にはアルバート殿下とニコ殿下の部屋ですがね」

私の部屋だって兄さまと私の部屋なのである。

「ハンス殿、こんな時間にリーリア様を連れて、一体何があった」

部屋の前の護衛がハンスに問いかけた。むしろ私に聞くべきではないか。

「あー、リーリア様が何だかニコラス殿下に用があるみたいなんだよ」

「確かに殿下もたった今お戻りになったばかりだが、今はちょっと……」

護衛が口を濁すが、私にはわかっていた。おそらく、やっと雑事から解放されて不機嫌になっているのだろう。護衛も、そんな状態のニコに会わせることを心配してくれているのだ。

しかし、それならむしろ私に会ったほうがいい。私は息を吸い込んだ。

「にこ！」

扉越しに少し大きな声で呼びかけると、バタバタした気配と共にドアがバンと開いた。

「リアか！　はいるがよい！」

「殿下、しかし」

「うるさい！　わたしはリアとすごしたいのだ！」

護衛に噛みつくニコは、魔力がコントロールできていなかった時のようだった。

「おじゃましましゅ」

そう言って入ったニコの部屋は、さすがに私たちの部屋よりも豪華だった。そもそも、ベッドが見えないということは、居間付きの客間、つまりスイートルームだ。別にうらやましくはないが。

しかし、部屋には服が脱ぎ散らかされ、ニコについてきたメイドの人がおろおろしていた。

私は端的に指摘した。

「にこ、きょう、まりょくおおい」

「なんだと。くるまえにませきにまりょくはそそいできたのだが」

「いちゅもとちがうこと、ちたから？」

「そうだろうか」

自覚のないニコをソファに座らせ、私も隣によじ登った。ソファは大好きだが、幼児には少し高すぎるのである。そしてポケットから魔石を取り出した。

「リア様、持って歩いてんですか」

「たまたまでしゅ」

面倒くさいからそう説明したが、ニコの様子を夕ご飯の時に見て、さっきわざわざポケットに入れてきたのだ。昼に見た時には感じなかったのだが、夕食の時には明らかに魔力が余っていた。

普段なら兄さまも気がつくのだろうが、今日は大きい人たちは皆社交に引っ張り出され、それどころではなかったと思う。

「これに、まりょくを」

「うむ」

このところ兄さまが授業に来るたびにやっているから、ニコも慣れたものである。ゆっくりと魔力を注ぎ終える頃には、はみ出した魔力も落ち着き、ニコの気持ちも落ち着いたようだった。

ぐー。

「うむ。なんだかおなかのあたりがへんである」

ニコがお腹のあたりを押さえて首を傾げている。

時々いるのだ。自分がお腹がすいているということを自覚していない人が。大人でもいるくらいだから、子どもではましてそうだろう。特にニコは、食べるものに困ったことはないだろうし。

「にこ、しょれは、おなかがしゅいてまちゅ」

「おなかがすく?」

「ごはん、たりなかった」

なぜ私がニコのお腹の具合をニコに説明しなくてはならないのか。

しかし私は、静かにご飯を食べながらニコのことをしっかり見ていたのだ。ニコのご飯の方がおいしそうだったからではない。

「にこ、おはなちたくしゃん。たべりゅまえに、おしゃらなくなってた」

「たしかに、たべようとおもっていたのにいつのまにかさらがかたづけられていたな」

ニコはお腹を片手でさすさすとさすっている。

「おなかがすくというのはせつないものだ」

「そうでしゅ」

私は大きく頷いた。さらわれた時、熱が出た時、お腹がすいても食べられないことがあった私は、その切なさを知っている。でも、その前からお腹がすく切なさは知っていたので、我ながら単なるくいしんぼかもしれないのだった。

「リア様、他の人の皿まで見てたんですか。くいしんぼだよなあ」

自分でくいしんぼかもしれないと自覚するのと、他の人に言われるのとでは意味が違う。後でハンスの失礼さを兄さまに言いつけようと思う私だった。

「なたりー、かごを」

「はい、リア様」

ナタリーは持った感じと匂いでちゃんとわかっていたのだろう。テーブルの上にかごを乗せると、そっと蓋を開いた。

途端に部屋にはいい香りが漂った。

「これは……」

「おいちかったごはん、ちゅめてもらいまちた」

私はふふんと胸を張った。くいしんぼにも利点はあるのだ。

「おしゅしゅめは、くりのけーき」

「けーきか。けーきはあとでたべよう」

「りあもたべましゅ」

見てたらまた食べたくなってきた。ハンスが何か言いたそうに私を見たが、ナタリーが何も言うなとハンスを止めていた。

本当は寝る前に食べてはいけないのだが、お腹がすいて悲しい気持ちで寝るのはよくない。お魚をおいしそうに食べるニコから、少しケーキを分けてもらってゆっくり食べていたらだいぶ眠い気がしたが、気がついたら朝だった。

「リア、おかげで飢えずにすみました」

隣でにこにこした兄さまにおはようの挨拶をすると、すぐにそう言ってくれた。

部屋に残していった小さいかごも役に立ったようだ。

こちらは兄さまのために夕食の残りを詰めてもらっていたのだ。

「ぎるは？」

ギルには何も用意していなかったので、一応聞いてみると、

「ギルは話しかけてくる者をものともせず、しっかりとお代わりをしてご飯を食べていたので大丈夫です」

ということだ。さすがギルである。一人くらい神経の太い者がいたほうがいい。それにきっと成長期なのだ。

それにしても、このペースでニコが生活するのでは、旅の間に体調を崩してしまう。せっかく日程を緩やかにしているのに、これでは意味がないではないか。私はベッドの上で腕を組んで、難しい顔をした。

「リア様、お着替えしましょうね」

「あい。ごはん！」

着替えたらご飯の時間だ。ご飯を食べてからまた考えよう。

結局、その朝食の後も引き止められ、出発はだいぶゆっくりになってしまった。やっと出発して、湖沿いに北上したが、小さな集落や町が点在していて、人目を気にせずラグ竜に乗り換える余裕もなさそうだった。

出発が遅かったので、午前中に休憩を入れる暇もなくお昼となった。本当は近隣の町で食事をしたほうがお金を落とすという意味ではいいのだろうが、人数も人数なので、昼は野外で調理して食べることになる。

寒い中で、ちゃんと用意されたテーブルと椅子で、温かい食事を食べる。この時ばかりは護衛もメイドも、交代で温かい物を一緒に食べることになる。

ただ、食事が済んだら私はやりたいことがあった。私はいつもより急いでご飯を食べ終わると、ニコのもとに急いだ。

「にこ、みじゅうみ、いこ」

「みずうみか。いきたいが」

ニコはアルバート殿下をちらりと見た。この小さくて賢い王子様は、出発が遅れたことを知っているのだ。余計なことに時間を使えば、到着が遅くなる。

その時、おじいさまが私の方にゆっくりと歩み寄ってきて、ニコとアル殿下ににこりと笑みを浮かべた。

「なあに、今晩泊まるところはコールターだろう。コールターなら私がまあ、親しい仲だから、多少遅れても構いませんよ」

「構わぬとは、ネヴィル殿、それはさすがに……」

おじいさまの言葉にアル殿下が異議を唱えようとした。仲がいいとはいえ、おじいさまが勝手に決めてよいことではないと言いたいのだろう。

が、おじいさまは首を横に振った。

「せっかく湖の側を通っているのに、湖を見もしないのでは、小さい殿下のためにはならぬのではないですかな」

その通りだ。見上げる私の肩をおじい様が優しくぽんぽんと叩いた。リアの言いたいことはわかっているよと、そう言われた気がして心が温かくなった。

「ただし、水は冷たいから、注意するんだぞ」

「あい！」

「うむ！」

よい返事をして兄さまの方を振り返ると、兄さまとギルもちゃんとついて来ようとしていた。ありがたい。私はニコとすぐ側の湖に走った。

「おお、これがぜんぶみずなのか……」

そういえばニコは川ですら近くで見たことがないのだと思う。途中、橋を渡ったり、川の浅い所を渡ったりしたはずだが、それだけでは駄目だ。王都で見せられないものはちゃんと見せないと。

湖の岸は、白い砂浜になっており、風に吹かれて小さな波がちゃぷちゃぷと打ち寄せていた。その水におそるおそるニコが手を入れてみる。私も隣にしゃがみこんで手を入れてみた。冷たい。ニコが少しして手を引いた。

「うっ。いたいようなきがする」

「みじゅが、ちゅめたい」

「つめたい？」

冷たいということを、ニコにどう説明したらわかるだろうか。私は湖につけた手で、ニコの頬を触った。

「ひやっとする。てがひえていたい、そうか、これがつめたいということか」

「ちゅめたしゅぎると、いたいでしゅ」

「つめたすぎると、いたくなるのか」

遠くに小さな船が浮かんでいる。漁をしているのだろう。私は湖に手をつけたり出したりしているニコを見ながら、落ちていた石を拾った。これを投げて水切りをするのだ。

「えい！」

ぽしゃん。

「リア、なにをする！　みずがかかったではないか！」

「あれ、どうちてしょこに？」

私は石を遠くに投げたと思うのだが。

「もしかしてとおくになげようとしたのか。しかたないな」

ニコはおろおろして水を拭こうとするメイドに気がつきもせず、袖で顔をぬぐうと足元の石を拾った。

「えい！」

ぽちゃん。

「ちゅめたい！」

今度は私に水がかかったではないか。私も袖で顔をぬぐった。

「あれ、どうしてだ」

ニコの石も岸のすぐそこに落ちていた。

「ははは、こうですよ、殿下、リア」

どうやら近くで見ていたおじいさまが石を手に登場だ。

「どうやらリアは水切りをしたかったらしいが、まずは石を投げるところからだ。こう持って、こう！」

ひゅー、ぽしゃーん。

「おお！」

「しゅごい」

さすがである。

石は遠くに飛び、そして生きているかのように水の上を跳ねて消えた。そう、これがやりたかったのだ。

そこからは兄さまもギルも加わって、石投げと言うか、石の水切り大会が始まってしまった。

私はどうしていたかって？　どうやら遠くに投げるのは難しいので、楽しく石を集める係で頑張りました。石を拾うのもなかなか面白いのである。時々は近くに石を投げてみたりした。

ニコは石の投げ方を教わって、それなりに遠くに石を投げられるようになっていた。悔しくなんかないんだからね。

どのくらい遊んだろうか。石だってそんなに投げ続けてはいられないので、それほど長い間ではなかったと思う。石を集めかけたままうとうとし始めた私を竜車に片付けるまでがお約束であった。目が覚めたら、竜車にいて、しかもだいぶ先まで進んでいた。

「おやちゅ！」

と叫んで飛び起きた私を兄さまが苦笑して見ている。

「お昼に少し時間を使いましたから、おやつ休憩なしで進んでいるところです」

私は絶望的な気持ちになった。おやつが一回抜けてしまった。

「おやちゅ……」

「竜車が止まらないだけで、ちゃんとありますよ、ほら」

さすが兄さまだ。

私はちゃんとベッドから起き上がって、椅子に座っておやつをいただいた。私はおやつをもぐもぐしながら、

「なちゅ、もっとあしょべた」

　とつぶやいた。

「そうですねえ、暖かければ、足とか水に入れられたかもしれませんね」

　兄さまが答えた。

「でも、冷たい水に手をつけたことはなかったので、私も面白かったです。痛い、と言うか感覚がなくなっていくのですね」

「おしゃかなとりゅひと、たいへんね」

　冬は寒いだろう。いや、それはハンターも農業の人も同じだろうか。私は昨日の夜の魚料理を思い出した。

「おしゃかな、おいちい」

「リア、ほんとにリアは」

　兄さまは何かに詰まると、私をおやつごと抱え上げて膝に抱き込んだ。膝の上でもおやつは食べられる。兄さまは私のことがよくわかっている。

「もうすぐコールター伯の屋敷です。おじいさまによると、コールター伯は非常にバランスの取れた、権力欲などないお方のようです。昨日のように遅くまで付き合わされることはないだろうと言っていましたよ」

「にこ、よかった」

　私はほっとした。もうすぐ四歳であろうとなかろうと、三歳児なのだから夜は早く寝るべきなのである。

「それに、ここには数日滞在しますしね。少しはゆっくりする時間もとれるでしょう」

「りあ、ふねにのりたい」

湖といえばやはり舟遊びだと思う。

「うーん、寒いと思いますけどねえ」

兄さまが湖を見ながら、どうなんだろうという顔をした。私もつられて窓の外を見てみる。もうだいぶ北上したようで、湖に面した窓の外は右を見ても左を見ても湖がある。私は思わずブルッとした。トイレではない。

「おおきいでしゅ。そちて」

「ええ。ここらあたりが一番、湖の幅が広いのだそうです。つまり水の面積が大きい所ほど」

「けっかいが、よわくなりゅ」

兄さまが静かに頷いた。

「しかし、だからと言って虚族が出るほど結界は弱くはありません。それに、昨日さりげなく聞いてみたのですが、対岸のウェリントン山脈のふもとにも人は普通に住んでいるらしいのですよ。つまり、湖周辺では結界が弱くなっていても、問題はないということです」

それならよかった。しかし、そう思っていたのは竜車を降りるまでだった。

出発が遅れ、途中少し時間を取ったせいで、コールターの屋敷についたのは、冬の早い日が落ちた後であった。

竜車から降りた途端、ヴン、と遠くから体に響く気配は、一瞬で私をウェスターに引き戻した。私は思わず呼びかけた。

「ありしゅた！」

しかし、振り向いてもアリスターはいなかった。

「あ、にいしゃま……」

「リア、これは」

そうだ。こんな時ウェスターで隣にいたのはアリスターだが、ここでは兄さまなのだ。私は兄さまの足にきゅっとしがみついた。

本来ならすぐにコールター伯のもとに向かわねばならない私たちは、二人で見えもしない湖の奥を凝視しつつ、しばらくその場から動けずにいたのだった。

第五章

煉獄島

「さすが四侯というべきなのでしょうな」

突然かけられたその声に私たちははっとし、同時に体が動くようになった。

「これは申し訳ありません。すぐに挨拶すべきところ、夜の湖に見入ってしまいました」

兄さまは私を抱え上げると振り返り、もっともらしい理由をつけてまず謝罪した。声をかけてきた人の隣にはくつろいだ顔のおじいさまと、少し焦った顔のギルがいた。つまり、このおじいさまと同年代の人がコールター伯爵なのだろう。

そこに部屋に案内されようとしていたニコが、やはり気になるという顔をしてこちらに急ぎ足でやってきた。

「ルークもか。きのうはなんともなかったが、きょうはやけにみずうみにめがいってしまう。なぜだろう」

「殿下、それは」

兄さまもなんと説明してよいかわからないようだった。説明するためには、前提からいろいろなことを話さなくてはいけないし、それは皆の前で大っぴらにする話でもなかったからだ。

「コールター、この二人が私の大切な孫である、オールバンスのルークとリーリアだ」

そこにうまいことおじいさまが紹介を挟んでくれた。

「ルーク・オールバンスと」

「りーりあ・おーるばんすでしゅ」

そう挨拶すると、コールター伯は、少しいかつい顔をほころばせた。

「ギルバート・リスバーン殿とルーク・オールバンス殿。ウェスターとの交渉の立役者二人をお迎えできて光栄ですぞ。それにリーリア殿」

「あい」

「無事に帰ってこられて、ようございましたな」

「あい。ありがと」

こんな風に言われたのは初めてのことだ。兄さまたちも一人前扱いされたせいか、背筋が伸びている。

コールター伯は、集まった私たち四人を優しい目で見ると、その目を湖に向けた。

「もうその役割がなくなってだいぶ経つが、このコールターはそもそも断罪の地。ミルス湖の中央に浮かぶ島は、煉獄島と呼ばれております。なぜそう呼ばれるかは、明日明るくなってから話しましょう。まずは旅の疲れを癒してはどうですかな。おいしいご飯もできておりますぞ」

おいしいご飯だ！　気になる言葉もあったが、それは後でいいだろう。

「おしゃかな！」

「リーリア殿はお魚がお好きですか。魚料理があるかどうか見に行きましょうな」

「あい！」

私は兄さまから降ろしてもらうと、おじいさまとコールター伯に手をつながれて屋敷に向かった。

その後ろで、兄さまがきちんとニコに向き合っていた。

「ニコ殿下、私にもよくわかっていないのです。後で、そう、明日にでも、コールター伯にちゃんと話を聞きましょう」

「うむ。そうだな」

「では、私たちも行きましょうか」

そして、ギルと兄さまと手をつないだニコも屋敷に向かった。いつも授業と称した遊びで一緒だから、慣れているのだ。

それをなんだか悔しそうな顔でアルバート殿下が見ている。

おそらく、ニコと手をつなぎたいのだろう。

しかし、どんなに相手を大切に思っていても、最初の頃のお父様や兄さまのように行動に出せずにいると、それは伝わらないものだ。

というか、自分がつまらないではないかと私は思うのである。そんなにニコが大切なら、旅の間に触れ合えるようになるといいのだがと思う私であった。少なくとも、ニコの方はアルバート殿下が大好きなのを隠してはいないのだから。

到着したのが遅かったせいもあって、その日はすぐ夕ご飯になった。伯爵というだけあって、昨日の貴族の屋敷より数倍は大きいのではないか。夜のことでよくわからなかったが、古い建物らしく、壁が厚く怖い感じもしたが、手入れもよくされていて居心地はよい感じだった。

数日滞在するからという理由もあるかもしれないが、夕食が終わったら、私とニコはすぐに、そして兄さまたちも比較的早く解放され、部屋に戻ることができた。

「にこ、きょうはごはんちゃんとたべてまらた」

だから今日は夜食を用意しなくてよいのだと言うと、兄さまとギルは苦笑した。

「リアはほんとによく見ていますねえ」

「くいしんぼは見るところが違うな」

「ごはん、だいじ」

食べることは大事なのである。自分の分は、「ほしい」と言えば済むが、他の人のことまで口出しするのは難しい。昨日のようなことがあると、警戒心も強くなるではないか。

「そもそも問題がなくても見ているから、昨日のように気がつくんだろ。それがリアのいい所だってわかってるからさ。くいしんぼだけどな」

ギルが私の頭でぽんぽんと手を弾ませた。ギルだってくいしんぼである。しかし、私のいいところを把握しているのは素晴らしい。合格。

せっかく視察と勉強という名目でニコを連れて来たので、明日と明後日ここに滞在し、コールターの産業を見たり、湖に船で出たりするのだそうだ。アルバート殿下もコールターは初めてとのこと。

「みじゅうみ、べっそうありゅ」

普通王都から竜車で一日の場所に湖があったら、離宮とか別荘とかがあって、夏は避暑に来るものではないのか。しかし、何を言っているのかわからないという顔をしている二人のために、私は言い直した。

「なちゅの、おうち」

「ああ、別邸のことですか」

兄さまがわかったという顔をした。

「でもリア、ほら、四侯と王家は」

「あ。とおく、いかないでしゅ」

だから別荘をわざわざ作ったりしないのだろう。納得した。それでも夏には旅行で訪れたいではないか。

「なちゅに、みじゅうみくりゅ。みじゅ、ちゅめたい」

「確かに、夏の暑い時期に湖に足を浸したら気持ちいいだろうな」

ギルが頷いている。

「私は別の意味で涼しいです。この湖はぞわぞわする。おじいさまはなにか知っているのでしょうか」

やっぱり腕をこする兄さまに、ギルは目をつぶり、何かに集中する様子を見せた。そのうえで首を横に振った。

「ものすごく注意すればなんとなく感じるものはあるけれど、よくわからん。それに、キングダムの歴史や地理を学院で学んだ時も、コールターについては湖以外の特徴はなかったと思う」

学校でも学ばないなら、たいしたことではないのだろうか。いずれにせよ、明日コールター伯は説明すると言ってくれた。それなら明日を待つしかないだろう。

次の日、私はわくわくしながら屋敷の外に出た。朝ご飯はもちろん済ませてある。

「コールターと言えばミルス湖。何より湖に行かねば話になりませんな？」

「うむ！」

「あい！」

いたずらっぽく微笑むコールター伯は輝いて見えた。少なくとも私とニコの心をわしづかみにしたと思う。

何かの気配でざわざわしたとしても、それが何だというのだ。ウェスターではそれが日常であった私は、そのことを思い出したらたいして気にもならないのだった。

湖には屋敷からすぐのところに桟橋があって、その桟橋の先端を覆うように大きな建物がある。そこには屋根付きの大きな船がつけられていた。といっても、屋形船を少し大きくしたような形で、真ん中にテーブルと座るところがあるだけのものだ。何人ものこぎ手が乗り込んでいる。

「本当は小さい釣り船がいいのでしょうが、湖に落ちたら危ないですからな」

どんな船でも大丈夫。私は意気揚々と乗り込んだ。

冬も終わりとはいえ、湖をわたる風はまだまだ冷たい。マフラーやいろいろな物でぐるぐる巻きにされた私は、それでも船の先頭にしっかり立っている。ニコも一緒だ。

「まったく、落ちないでくださいよ」

「ひとことおおいでしゅ」

もっとも、ハンスが後ろで腰を抱えているのは内緒である。船はまずぐいぐいと中央に向かった。途中で釣り船が見えたら手を振る。隣でニコも手を振る。するとみんな手を振り返してくれる。

「むこうもてをふってくれるぞ！」

「思わず手を振り返したくなるでしょうなあ」

幼児がかわいらしく手を振ったら、それは手を振り返してしまうものだ。コールター伯もニコニコしながら私たちの様子を眺めている。

海ではないから、舟もそう大きくは揺れないが、多少の揺れや景色の変化を楽しんでいると、やがて釣り船はいなくなり、どの方向を見ても向こう岸がかすかに見えるだけになった。

いや、一方向だけは違う。私たちは、小さな島に近づいていた。

「昨日湖について話すと約束しましたな。あれが煉獄島です」

ゴツゴツした岩ばかりの小さな島に見入る私たちに、コールター伯が後ろから声をかけた。

「ご当主様、そんなちっちゃい子に話すことじゃねえでしょう。もう何百年も前のことだと聞いておりやすぜ、俺たちだっておとぎ話としか思えねえほどの」

漕ぎ手の一人が、コールター伯に直接話しかけた。普通ならありえないことなのだが、この領地では、領主と領民の間が近いのだろう。船の漕ぎ手も、冬で仕事が暇な領地の者には、よい臨時収入なのだと話してくれた。

「しかし、現に領民らは近づかぬではないか。今でも漁師ですら避ける危険な場所だ」

コールター伯はゆっくりと答えた。危険だから、話すべきでないと漕ぎ手の人は言っているのではないか。

「なぜきけんなのだ。なにがあるのか」

ニコの目がキラキラとしている。アルバート殿下は由来は知っているようで、興味深げに島を眺めている。

「あそこは結界のきかぬ島。キングダム内で唯一、虚族の出る場所なのです」

コールター伯の言い方は物語を話して聞かせるかのようだった。

「きょぞく。いきもののいのちをすうというあれか」

私は驚いてニコを見た。もうそのことを学んでいるというのだろうか。ニコは私に軽く頷いてみせた。

「きょぞくのひがいをはいすため、キングダムができたとまなんだ」

よく考えたら、王族の役割を教えられるのだろう。王族の役割とはそれ以外にない。四侯もそうだが。本当に幼いうちから、王族の役割を教えられるのだろう。私はその授業を受けたことはないから、ニコは私に出会う前から知っていたということになる。

「どうやらこの湖の上では結界が弱まるらしい。この島はどの岸からも均等に離れており、結界がきかぬ特殊な場所なのです。ニコラス殿下も、もっと大きくなったらこのことを詳しく学ぶことでしょうな」

「学院ではそのようなことは学んだことはありません」

「俺もない」

兄さまとギルが難しい顔をしている。

「成人した四侯と、王族のみが学ぶことだ」

アルバート殿下が代わりに答えている。私が聞いていていいことなのだろうか。

「秘されていることではないのですよ。現にうちの領民は皆知っています。もっとも、漁師以外はおとぎ話のようなものだと思っているだろうが」

コールター伯の言葉に、漕ぎ手たちは一斉に頷いた。

「悪いことすると、煉獄島に連れていかれるよって言えば、子どもはたいてい言うことを聞くのさ」

それは怖すぎるだろう。

「ただ、漁師にとってはさ、おとぎ話じゃねえんだよ。近寄らないようにしていても、天候や時間によってはうっかり見てはならねえものを見てしまうことはあるのさ」

だから、単なるおとぎ話でなく、現実の危険として認識しているのだという。

「煉獄島という名の由来は」

コールター伯はゆっくりと間を置いた。怖い怖い。

「ここが昔、キングダムの罪人(つみびと)を連れてくる場所だったからですぞ」

船に沈黙が落ちた。

ニコが何を言っているかわからないという顔をした。

「つみびと」

「わりゅいことしたひと」

私は難しい顔をして説明した。思ったより重い重い話だった。

「虚族に命を吸わせていたのですか！　なんということを」

兄さまは唖然とし、ギルは腕を組んで厳しい顔で島を見ている。

「幼い者のいる前で言うことではないかもしれないが、罪人の命を剣で絶つのと残酷さは変わらぬと思うが」

コールルター伯は兄さまにそう問いかけた。それは違う。刑を執行する時、どの方法を取るかということではないのだ。

虚族に命を吸わせるということは、つまり、こういうことだ。

「いちゅまでも、そのひとのしゅがた、のこりゅ。よくない」

そう言った私を、皆が驚いた眼で見た。

わざわざここまで虚族を見に来る人もそうはいないだろう。しかし、もし、残された家族がここに来てしまったら。

辺境で虚族によって死んでしまっても、いつの間にか他の生き物で上書きされるから、あるいはハンターに狩られてしまうから、その姿を見ることはないし、悲しむことは少ないだろう。しかし、生きるものが他にいないこの島の中では、次の罪人が来るまでその姿が残る。

「かなちい、きもち。だんだん、わりゅいきもち、なりゅ」

虚族に命を吸われたとわかっていても、姿が残っていれば未練を呼ぶ。未練はやがて憎しみに変わり、復讐を招く。

「驚いたな……」

長い沈黙の後、コールルター伯がつぶやいた。

「まさにその理由で、この制度はなくなったという」

たとえ罪を犯した本人が悪いとしても、虚族の姿は写し絵に過ぎないとわかっていても、その恨みはキングダムそのものに向かう。やがてそれが反乱に向かうこともあるだろうと思う。

「今でこそ、湖のこのあたりも立ち入りは自由だが、当時は立ち入りは禁止されていた。それでも家族の姿見たさに、こっそり船を出すものもいた。その中からやがて反乱を起こす者が出て、一時キングダムは荒れたという」

もし罪人が貴族だったら、そのような反乱を起こす力もあっただろう。

「それから、この島に罪人を運ぶことはなくなった」

「重いよ、当主様、その話はさ、知ってるけどさ」

コールター伯の話は漕ぎ手によってぶしつけにさえぎられた。

「話すんなら、お屋敷の暖かいところで話してあげたらいいだろ」

「いや、島を見ながらの方がいいかと」

よくないでしょ。私はあきれて伯爵を見た。

漕ぎ手の方がよっぽど常識人である。

まだ午前中のこと、島を見ていても、虚族が出ることはなかった。私たちはしばらく島を眺めると、やがて岸へと向かった。

「普段なら、朝にやるんだが」

という、網を仕掛けておく漁も特別に見せてもらった。獲ったお魚を少し温かくした水を張った桶に入れてもらい、ニコと二人で触ってみたのは楽しかった。

私はつついたり触ってみたりしただけだが、ニコはお魚をしっかり捕まえていたし、なんなら兄さまたちもあとからお魚をつかんで楽しんでいたのを知っている。

視察とはなんの関わりもないかもしれないが、こういう体験が子どもには大事なのだと思う。

捕まえた魚は、屋敷の料理人がその場でさばいて塩を振って串に刺してくれた。じっと見ている私たちに、

「内臓は平気かい」

と聞く料理人は気さくすぎるかもしれない。

「へいきではない。しかし、たべるためにたいせつなことなのだろう」

そう答えたニコは本当にすごいと思う。ちなみに私は、食べられるものの下ごしらえなのだから、全然気にならない。

「くいしんぼだからな」

と言ったのはギルだろうか、ハンスだろうか。人のことは言えないのではないか。

お魚はおやつだったので、そのあとお昼寝をして夜もお魚を食べたのは、くいしんぼだからではない。もてなしに応えただけである。

しかし、幼児の早いはずの夜は、ドアを叩く音で延長戦が決まったのだった。

「ニコラス殿下がおいでです」

ドアの護衛の声と共に。

レディの部屋に夜に訪れるとはいかがなものか、という付き人が一人くらいいてもいいのではないか。しかし残念ながら私は幼児でまだレディではないので、誰も指摘してくれなかった。

「にこ、どうちたの」

「うむ。ききたいことがある」

私たちの部屋も、今回は居間付きの広い部屋だ。私はニコをソファに誘った。

「普通にテーブルのところに座ればいいんじゃないですかね、いちいちソファによじ登らないで」

ハンスがあきれたように言うが、ソファが好きなのだから、別によいではないか。そもそもソファが高すぎるのが問題かもしれない。ニコの隣に腰を落ち着けて、私はふむと首を傾げた。ここはおもてなしが大切なのではないか。

「なたりー、おやちゅ」

「リーリア様、この時間からおやつをいただいては、朝に食欲が落ちてしまいます」

「むー」

せっかくだからおやつを食べようと思ったら、ナタリーにやんわりとお断りされた。おとといの夜のおやつは例外だったらしい。

「リア、よい。きょうはおなかがいっぱいだ」

ニコはお腹をさすさすとさすってみている。

「おなかがすいていることがわかったからこそ、おなかがいっぱいだということもわかるぞ」

「ふむ」

私もお腹をさすさすとさすってみた。

「まだはいるようなきがしゅる」

「ブッフォ」

「リア様、気のせいです」

すかさずナタリーに止められた。まあ、気のせいだろうと自分でも思った。だが、言ってみて損はない。しかし、このナタリーの有能さとハンスの無能さの違いときたら。あきれていたら、気にせずニコが話し始めた。

「リアがいっさいになってからずっと、いつしろにくるかとたのしみにしていた」

急に昔話から始まり驚いたが、私もその頃のことを思い出してみた。

「いっしゃい。りあ、おうちにいまちた」

「なかなかこないとおもったら、あるひちちうえがまじめなかおでいった。リアはこないかもしれないと」

「りあ、しょのときは、うぇしゅたーにいまちた」

「うむ」

ニコは重々しく頷いた。

「そのとき、わたしもまだにさいであった。とてもがっかりしたが、なぜこないのか、くわしいはなしをきいたのは、リアがくるほんのすこしまえのことだ」

「そうでしゅか」

「さらわれて、ハンターにたすけられて、ッェスターのりょうとからかえってきたと」

「あい」

ぜんぜん詳しくないではないか。しかし要点を押さえてはいたので、私は素直に頷いた。ニコは隣の私の方に体ごと顔を向けた。

「リア、もしかしてウェスターで、きょぞくをみたのか」

ニコのいつも真剣な黄色の瞳。それは一番最初に、あの悪い奴を思い出させたけれど、中身が違うとこんなに違うのかというくらいニコの瞳はきれいだ。私がどう答えようかと迷っていると、ニコの手がふと私の頬に伸びた。

「こうしてよくみるとリアのむらさきのめはきれいだな」

「ぐはっ」

ニコも私を見て、同じようなことを考えていたようだ。

あの悪い奴も私の目を紫だと言った。しかしニコの言葉は、純粋にきれいなものをたたえる言葉で、同じ言葉でもぜんぜん違った。それと、今噴き出した奴は確実に減給だと思う。

「にこのめもきれいでしゅ」

「そうか。こんどかがみでみてみよう」

ちょっと話がずれてしまったが、聞かれたことには答えないと。

「りあ、きょぞく、みまちた」

「やはりそうなのか」

ニコがわかっていたというように頷き、部屋の他の者は思わず息を呑んだ。ナタリーとハンスは冷静だが、それでも一瞬目をつぶったのを私は見逃さなかった。お父様は詳しいことは話していなかったのだろう。

「りあをたしゅけたひとたち、はんたーでちた」

「ハンター。きょぞくをかるものたちだな」

「そうでしゅ。よる、いちゅもいっしょにかりにいきまちた」

今度こそ完全に沈黙が落ちた。偶然見たことがある程度に思っていたのだろう。

「お嬢様、まさか」

ナタリーが驚きすぎて、リア様ではなくお嬢様に戻っている。

「辺境は結界がないはず。虚族を狩っている間、リア様は一体どのように過ごしていたんですか」

「りあ、けっかいばこのちごと。けっかいのなかにいまちた」

「結界箱。本当にあるのか……」

ハンスが顎に手を当ててなにか考えている。ハンスでも辺境に出たことはなかったのか。

「俺は元護衛隊だから、立場上も辺境に出たことはないんですよ」

私は驚いてハンスを見た。護衛隊だったとは知らなかった。

「ぐれいしぇすとおなじ」

「グレイセスは元部下ですよ」

それで親し気で、しかも連携がとれていたのかと思う。

しかし元部下というところにちょっと引っかかった。

「リア、いつまでもそのすがたがのこる、とはどういうことだ」

「にこ、しょれは」

よく聞いていたと思う。なんと説明したものだろうか。

「うぇしゅたーで、おとうしゃま、きょぞくにやられたこども、いまちた」

部屋の者もまた息を呑んでいるが、確かにこう話してみると重い話だ。

「おとうさま」

「そうでしゅ。きょぞく、しょの、おとうしゃまのしゅがた、ちてた」

ノアのことだ。

「こども、しょれ、みた」

「見てしまったのですか」

ナタリーが胸に手を当ててうつむいた。私は誰にともなく頷くと、話を続けた。

「おとうしゃまに、きょぞくに、てをのばちた。けど、はんたー、きりしゅてまちた」

「おとうさまのすがたをしたものを、きりすてた……」

そういうことだ。

「こども、きょぞく、しゃわったら、いのちしゅわれてた。ちかたなかった」

「それはそうであろう」

当たり前だと言うニコに、私は首を横に振った。

「こども、おこりまちた。なぜ、とうしゃまをきった、って」

「リア様、虚族は切ると魔石に変わるはずだ。その様子を子どもも見ていたのでしょう」

ハンスが大切なことを問いかけてくれた。

「あい。でも、だめでちた。こころが」

私は自分の胸を押さえた。

「たぶん、こころが、しょれを、だめだといいまちた」

「こころ」

ニコがお腹を押さえた。

「しょれはおなか。こころはこっち」

私は胸のところを改めて押さえて見せた。

「こっちか」

「たのちい、くるちい、かなちいところ」

二人で胸を押さえてみる。

「おかあしゃま、おとうしゃま、にいしゃま、だいしゅきとおもうところ」

「だいすきなひとが、いなくなったら、ここがくるしい」

「あい。わかっていても、ちゅらい」

私もニコも、胸を押さえて黙っていた。誰も何も言わなかった。

「リア、かんしゃする。はなしてくれて」

感謝することでもない。知っていることを話しただけだ。しかし、次の日に、やっぱり話さなければよかったと思ったのだった。


「また煉獄島に行くだと！　しかも夜にとは！　何を考えている！」

大きな声を上げているのはハンスだ。私もハンスに賛成だ。

このようなことになるのであったら、ニコに虚族の話などするのではなかった。

「私自身はウェスターとの境界で虚族を見たことはある。しかし、今回ニコが行くのは北の領地まで。安全な地で、虚族の姿を見せられるならそれにこしたことはなかろう」

ハンスの乱暴な物言いにも平然と答えているのはアルバート殿下だ。ニコが私から聞いた話を元に、私でも大丈夫だったのならニコも大丈夫だろうという、浅い考えからそのような考えに至ったらしい。

「何をもって安全と言われるのか。おそらく、結界箱を使おうとしているのだろうが、結界箱は万全ではありません。範囲が限られるし、一度冷静さを欠いて結界から出てしまったら、すぐに虚族のえじきになる。王族をそのような危険な目にあわせるわけにはいきません」

私は感心してハンスを見た。ハンス自身はキングダムから出たことはない、つまり結界箱だって使ったこともないのに、その危うさをわかっている。辺境にいたら、さぞかし腕のいいハンターになったことだろう。

「ちいしゃいこ、きょぞく、こわい」

私もハンスに加勢した。決して気持ちのいいものではないし、なんなら夜夢に見て泣き叫ぶほどには怖いものだと思う。いくらニコがしっかりしていると言っても、今の年頃で見せるべきだとは思えない。

「お前にできて、ニコにできぬはずがない」

「しょれ、ちがいましゅ」

私は必死に説明しようとした。

もし赤ちゃんが虚族を見ても、きょとんとするだけですむ。けれども、人というものが何かわかってきた年頃に、幽霊のような虚族を見たら、その年頃の方がショックが大きいだろう。

「違わぬ。オールバンスの幼子が日常的に見ていたと言うなら、ニコもそれを見ておくべきだ」

ハンスと私はコールター伯の方を見た。コールター伯は微かに首を横に振った。既に反対し、しかし止められなかったということなのだろう。こうなったら本人だ。

「にこ」

「リア、わたしもみてみたいのだ。わたしはリアのようにキングダムのそとにでることはできぬみ。きょぞくがキングダムのなりたちなら、それをみることはたいせつだとおもうのだ」

四侯は成人していなければキングダムの外には出られる。しかし、王族は無理だ。

「しかし、既に刑は執行されなくなって久しいはず。生き物などそうそういない島に、虚族がはっきりした姿で存在などしないでしょう」

ハンスがまだ抵抗しているが、おそらくそんなことはない。現に昨日の船の漕ぎ手が、漁師は時々虚族の姿を見ると言っていたではないか。

「おしゃかな。しょれに」

そうだ。水面に跳ねる魚。迷い込んだ動物。そして、おそらく自ら死を選ぶ者には、痛みのない死は福音ですらあるだろう。

兄さまは私にそれ以上言わせないよう、私をさっと抱き上げると私の顔を兄さまの首筋に埋めた。

「どうあってもニコ殿下を連れていくというのなら、私もギルも行きます」

「りあも、もごっ」

私は兄さまにぎゅっと潰された。

「私もギルも、虚族を狩ったこともありますし、ローダライトの剣を持ってきていますから」

あたりは一瞬静まり返り、おじいさまが犬を仰いだのが見えた。

「オールバンスは、それにリスバーンは跡取りに何をさせているのか……」

思わずと言ったようにつぶやくアルバート殿下に、今度ばかりはハンスも同意しそうな気配だったが、

「つまり、どうあってもやるということなんですね」

と確認すると、念を押すように護衛隊の方を見た。グレイセスが静かに、諦めたように頷いている。

護衛隊は既に説得済みのようだ。

「仕方ねえ。だが、リーリア様は行かせるつもりはないし、そのための護衛も残すことになる。ルーク様とギルバート様の安全を確保できるだけの態勢を整えてもらわないと」

王族の安全のことなどまるきり考えていないハンスはある意味、オールバンスにとっては護衛の鑑

である。

「にいしゃま」

「だめです」

「にいしゃま」

「いけません」

兄さまは私が行きたいと言うことを見越して、返事が最初からつれなかった。

「にいしゃま、けっか、もが」

それ以上口にださないよう、私はさっと兄さまに顔を押し付けられると共に、部屋から連れ出された。

「リア、危なかった。どうしたというのです。いつもはもっと慎重でしょうに」

ひそひそと廊下で話す私たちの後をハンスが付いてきている。

「にいしゃま、はんすのいうとおり」

「ハンスの？」

兄さまはハンスの方を見、ハンスはなんのことかわからないというように眉を上げた。

「けっかいばこ」

「結界箱、ですか」

「あい」

何のことだと目で問いかける兄さまに、私は頷いた。

「ひと、びっくりちたら、にげりゅ。しゅぐに、けっかい、はじゅれる」

「確かに、結界箱はだいたい三メートルしか範囲はない。広いようでいて、動揺したらすぐに範囲からはずれてしまう」

兄さまは何かを思い出したかのように両手を握りしめた。

「それに、結界箱自体を動かされたらおしまいだ」

その通りなのだ。だからこそ、結界をすぐ張れる私が行く意味がある。

「リア、もしそうだとしても、私がいます」

「りあのほうがとくい」

「それはそうですが」

「りあ、ずっとにこのしょばにいる」

兄さまは諦めたように私の肩に手を置いた。

「ルーク様」

それを悟ったかのようにハンスがとがめるように兄さまの名前を呼んだ。

「仕方ありません。リアはいっそのこと、皆の目の届くところにいた方が安全かもしれませんね」

「確かに、その方がさらわれる危険は少なくなりますが、しかし」

「私もギルも、個人でも結界箱は携えていきます。心配なのはむしろ、島に置き去りにされるなど、船を使った企みですが……」

「コールター伯については大丈夫でしょう。周囲に出した偵察隊からも特段怪しい奴がいるとの報告は受けていませんしね」

私はぽかんとしてハンスと兄さまを見た。どうやら、私はまださらわれる危険を警戒されていたようだ。

「そんな顔をしなくても、大丈夫ですよ」

兄さまは私の頬を両手で包んだ。

「それでは、アルバート殿下のお手並み拝見と行きますか。リアにできるからといって、ニコ殿下にもできるだろうという見通しの甘さを知ることにならねばいいですが」

にこりとする兄さまが怖いような気がしたのは、きっと錯覚だと思う。

こうして私たちは、夕方に再び煉獄島に向かうことになった。


予定を変えて、夜になる直前に煉獄島へ向かう。昨日と違って、漕ぎ手は静かだ。黙って漕いではいるが、時折ニコと私を見、そうして保護者たちを見、明らかに目にはっきりと不満を出している。

一応相手は王族なのだから、そうもあからさまに「なぜ幼い子を連れて行くのか」という目をするべきではないと思うのだが。アルバート殿下がそれに気づかなければいいと思うのだった。

煉獄島は、いつかウェスターの海沿いで行った島のように、ごつごつした岩がむき出しになり、平らなところが少ない島だった。

それでも地面に隙間などはなく、昼から虚族が出てくるようなことはなさそうなのには安心した。足の下の洞窟でうごめく虚族の気配ほど気持ちの悪いものはない。

「きょぞくはひるにはでないのか」

「明るいうちは出ないと言われていますな」

ニコの質問にコールター伯が丁寧に答えている。結界箱を三つ、結界の円の縁が重なるように設置し、最小限の人数で夜を待つ。それでもまだ島には余裕がある。湖から見るよりはよほど広い島だった。

少し離れたところで船が待機するが、結界があったとしても乗り降りは危険なため、このまま朝までこの島で過ごすことになる。寝不足になれば、次の日の予定にも響く。結局は、アルバート殿下のお見合いが遅れることになるが、それはファーランドとの関係上大丈夫なのだろうかと、私は余計な心配をしてしまった。

私とニコは、動かないようにという配慮だろうが、結界の真ん中あたりで、移動中にも使われていた携帯用の椅子に座らされている。しかし　正直なところ、私は足が付かないので地面に直接座っているほうが楽である。ニコは背筋を伸ばしてきちんと椅子に座っているが、さすがもうすぐ四歳の三歳児は一味違う。

感心したところで、私は自分に素直になった。

「にいしゃま」

「なんですか、リア」

兄さまが優しい声で返事をした。

「いしゅ、あきた。じめん、しゅわりたい」

「飽きたって、リア」

だって足がぶらぶらするんだもん。幸い、ナタリーなど、女性は私以外館に置いてきたので、地面に座ってはいけませんという人はいない。

私はまんまと地面を確保し、のびのびと座った。敷物は敷いてもらったが。

「わたしもじめんがいい」

そうだろうそうだろう。ニコの椅子も片付けられ、私たちは地面に雑に座ることになった。

「もうしゅぐでしゅ」

私はニコに注意を促した。あたりはそろそろ日が落ちようとしていた。

「こんなことなら、今煉獄島にどのような虚族がいるのか調べておくべきだったな」

かすかな後悔の声が聞こえる。本当は今日、島の様子を調べ、明日きちんとした態勢でニコたちを連れて来たかっただろうコールター伯の言葉だ。しかし後悔しても仕方がない。

「む」

ニコがお腹を押さえた。来た。虚族の気配が体に響く。さすが魔力量の多い王族だ。もっとも普通は胸を押さえると思うのだが。

私は兄さまと目を見合わせ、そしてギルの方を見た。兄さまが、そしてギルが遅れて頷いた。

ヴン、と胸を震わす気配が、一つ、二つ、三つと増えていく。どうやら、生物の少ないこの島でも、やはり虚族に命を吸われたものはいるらしい。結界箱を置いたこの拠点には、虚族を見逃さないよう弱い明かりしか置いていない。日が落ちてあたりが暗くなっていく中、少しずつ虚族の気配が増えていく。

結界の中にいる者は全員、それを食い入るように見ていた。

「なんということだ」

この言葉を言ったのがニコでもアルバート殿下でも私は驚かなかっただろう。しかし、それはコールター伯爵だった。ニコが質問したときに答えられるよう、結界の真ん中、ニコの隣に控えていたコールター伯は、何かに引っ張られるように一歩二歩と前に進んでいく。

しかし数歩進んだところで、護衛の人に止められた。

「す、すまない。しかし」

止められてもコールター伯の目は、前方から動かなかった。その目の先を追ってみると、そこにいたのは。

「メリッサ。なぜ」

数体の人型の虚族がいた。ただ、全て年老いた者ばかりだ。

「メリッサとはだれのことだ」

ニコの冷静な声が響く。ニコの目も虚族をしっかりととらえている。

「昔、館に勤めていた者です。年老いて働けなくなったからと故郷に帰ったはずなのに、なぜ」

コールター伯は護衛に目をやると、

「とっさのことで体が動いてしまったが、もう大丈夫だ。もう少し近くで見たい」

と言った。

「しかし危険です」

「大丈夫だ。あれは虚族。虚族なのだ。手を伸ばしたりはせぬよ」

護衛はしぶしぶコールター伯の前からどいた。虚族までほんの数メートル。コールター伯は結界にはじかれる虚族の近くにゆっくりと歩み寄った。

「にこ」

私は立ち上がったニコに声をかけた。行ってはいけませんという意味を込めて。ニコは慌てて立ち上がろうとしている私を見て、安心させるように頷いた。

安心するわけないでしょ。こんな時の三歳児を信用するべきではないのだ。

「コールターどのよりまえにはでぬ。ギル、たのむ」

「承知しました」

ギルはギルで承知してしまった。ギルが伸ばされたニコの手をしっかりと握る。

私は手をついて急いで立ち上がると、兄さまに手を伸ばした。兄さまは少しためらったけれど、私の手をしっかりと握ると、ニコと並んでコールター伯爵の斜め後ろに移動した。

当然だ。私はニコの護衛のために来たのだから。

もちろん、ハンスが油断なく付いてくる。

虚族は辺境で何度も見たが、そういえば危険なものという認識しかなかったので、虚族が写したそのもの自体をきちんと観察した気はしなかったような気がする。

ハンナの時は、ハンナの姿をしたものがただ揺らめいているようにしか思えなかった。

「メリッサ。館を去った時より年老いて」

コールター伯の言う通りの、老いさらばえた姿だった。しかし、着ているものは豪華だった。色まではっきりとはわからないけれど、たっぷりとしたレースを使った上品なワンピース、首元に大ぶりのネックレス。髪もきちんと整えられている。

コールター伯は、虚族から目を離し、目をつぶって天を仰いだ。

私にもわかる。死に化粧だ。

おそらく、覚悟の上で島に来たということなのだろう。数体いる老人は誰もがきちんとした格好をしているということは、つまりそういうことで、数体いるということは、これが決してまれなことではないということを示している。

おそらく裕福であっただろう老人たち。痛みのある病だった彼らには、虚族による消滅が救いだったのかもしれない。

領主として、その事実を知らなかったことに衝撃を受けているのだろう。

「ひとのすがたをしているのに、あしがじめんについておらぬ」

突然のニコの声にみんなはっとして虚族の足元を見た。確かに、ほんの少し浮いている。

「なぜゆらゆらとしているのだ。よくみるとむこうがすけてみえるではないか」

虚族とはそういうもの。しかし改めてそう見てみると、人との違いははっきりとわかる。そうなってくると、もう虚族は人には見えなかった。

「めもあわぬ。こちらにちかづきたがっているはずなのに、そのめはなにもみておらぬのだな」

兄さまとつないだ手がぎゅっと握られた。見上げると兄さまは口を引き結んで虚族をしっかりと見ている。

「倒すことばかり考えて、虚族そのものをゆっくり観察したことは、確かにありませんでしたね」

「そうだな。少しでも数を減らすことを、少しでも効率的に倒すことを、そのことばかりを考えていたな」

兄さまのつぶやきに、ギルが答える。私の無言の疑問に気づいた兄さまが答えてくれた。

「離れている間のことを、お互いあまり話したことはありませんでしたね。今度ゆっくりと話しましょうね」

その間も虚族はゆらゆらと揺れては結界にはじかれ、夜はその闇を濃くしていくのだった。

「これは確かに心をやられるな」

コールター伯はつぶやいた。どうやらだいぶ落ち着いたようだ。

トレントフォースでエイミーが、ノアのお父さんの姿をした虚族を見てふらふらと引かれそうになった時、私は冷静だった。ハンナの時は、行動するような余裕はなかった。

だが、こうして身近な人が、虚族に影響を受けているさまを見ると、なるほど、見えてしまうということがいかに人にとって大きいのかということがよくわかった。

「コールター伯、どうしますか」

ギルが静かに呼びかけた。

「ニコラス殿下に虚族を見せるという当初の目的は達成されました。あとは、虚族を」

ギルはそう言うとまっすぐに老人の姿をした虚族の方を見、自分の腰にあるローダライトの剣に目をやった。

「倒しますか」

「それは」

虚族の写す姿がコールター伯の知り合いだったと、わかっていてそう言えるギルはすごいと思う。

「島にいる虚族はかなり少ないようです。目に見える範囲の虚族を倒せば、このまま島から出ることも可能ではないですか。寒い中一晩中幼い子を外に出しておくことはよいこととは思われませんが。陸に戻せるなら戻したいと思うのです」

しかも、臨機応変である。私はアリスターに似たその横顔を感心して見つめた。

しかし、伯爵より前にまず兄さまが反対した。

「虚族を倒すか倒さないかはともかく、今船に戻ることを考えない方がいいと思います。人型の虚族を見てしまうとつい、虚族はそういうものだと思ってしまいますが、小さい生き物を取り込んだ虚族もいます。ほら」

兄さまが指さしたところは地面で、ネズミのような小さいものが明かりの中動いていた。そして上に目をやると、確かに鳥のようなものが音を立てずに空を舞っている。

「確かに、舟に乗り込む時が最も危険だな。すまなかった。ギル殿、ルーク殿。殿下方が構わなければ、いや、幼い子らが大丈夫というのであれば、あれを、虚族を」

コールター伯は一度静かに息をすいこんだ。

「倒してはもらえまいか」

兄さまは私の手をそっと離すと、ハンスに目をやり頷いた。

「リア様は、ニコラス殿下と手をつないで座っていてください」

ハンスが指示を出す。ハンスは両手を空けなくてはいけないから、わたしと手をつなぐことはできないのだ。ギルもニコの手を離すと、アルバート殿下を見、改めて確認した。

「これから虚族を倒しますが、ニコラス殿下に見せて大丈夫ですか」

「なぜそなたらはリアは大丈夫かと気にかけぬのだ」

アルバート殿下が苛立ったようにそう言った。ギルは私の方をちらりと見ると、アルバート殿下に視線を戻した。

「リアは辺境でハンターと共に狩りに参加していたと言います。虚族を倒す様子は既に見たことがある。だったら、ここでわざわざテントの中に隠すより、我々の目の届くところにいたほうが安心です。しかし、ニコラス殿下は何もかもが初めてのことですから」

「せっかくここまで来たのだ。最後まで見せてやりたい」

「承知いたしました」

兄さまも、いくら狩りの経験があると言っても、まだ一二歳だ。一五歳の、背の高さは大人並みのギルが判断してくれる様子はとても頼もしいものだった。

しかし、コールター伯の部下には、この島専用の狩人とかはいなかったのだろうか。いなかったんだろうな、と、浮かんだ疑問にすぐ答えを出す。いたら、コールター伯に何らかの報告が行っていたと思うから。

ギルと兄さまの二人は、結界ギリギリまで進むと、ローダライトの剣を構えた。結界の端は、虚族がはじかれているのですぐにわかる。

ゆらゆらと手を伸ばす虚族を、ギルが斜めに切り裂く。

ひゅっと息を呑む声は大人から聞こえる。ニコは私の手を握って静かに座っている。

斜めに切り裂かれた虚族は、斬られたところからずれるように一瞬姿を留めたが、やがて内側に縮むように魔石となって落ちた。

「なんということだ……やはり虚族だったのか」

コールター伯のつぶやきが聞こえる。いくら説明されても、心が納得しない、ということをよく表していると思う。ニコは大丈夫だと思うが、アルバート殿下もわかってくれただろうか。

兄さまと、ギルと、交互に前に出ながら虚族を切り裂いていく。大きいものから順番にだ。やがて目に見えるところに、動く虚族がいなくなり、兄さまたちは後ろに戻ってきた。

「魔石は明日拾った方がいい。でも、ほら」

ギルがどうやら一つだけ拾ってきた魔石を、ニコに手渡す。けっこうな大きさだ。ニコは私の手を離すと、両手でそれを受け取った。

「ませき。いつもみているませきは、このようにしてわたしのもとにくるのだな」

「そうですよ、ニコ殿下。キングダムには本来虚族はいないので、辺境のハンターが狩ったものを、キングダムがたくさん買い付けているのです」

「そうか」

さっきまで虚族の姿をしていた魔石を、気持ち悪いと思う者もいるが、どうやらニコはそうではないらしい。

「ギルバート、ルーク、ご苦労であった。さて、それでは子どもたちはそろそろ休む時間だ」

アルバート殿下の声に、ニコはギルに魔石を返して立ち上がった。

さて、私もテントに行かなくては。私は手間のかからないいい子なのである。寒さで少しこわばった体で慎重に立ち上がると、ニコはすたすたと先にテントの方へ行こうとしていた。

子ども同士なんだから、待ってくれてもいいでしょ。手を貸してくれとまでは言わないけれども。

私はちょっと口を尖らせた。別にすたすた歩けるのがうらやましいというわけではないんだからね。

やっと立ち上がって、私もテントの方へ行こうとすると、ニコはテントに入ろうとして、ふと立ち止まり、湖の方を見た。私もつられて湖の方を見た。

夜の食事だろうか、こちらの明かりにうろこをきらめかせる魚が湖の上に跳ねていた。

ニコはそれを見つけると、目をきらめかせて湖に向かって歩いて行った。桶の中でお魚を触らせてもらったのはつい昨日のことだ。もしかして触れないかと思うのは当然のことだろう。

私は走らなければと思うのに、焦りのために体が動かず、声も出なかった。虚族を倒した安心感で、皆がニコから目を離しているのだ。

ニコ、気づいて。その魚は、跳ねているのにどうして水音がしないのか。水面に触れることなく舞う魚の正体は何か。

最初に何かがおかしいと気がついたのはハンスだった。

「リア様、いったいどうしたんですか。さあ、テントに、え？」

まず私を見て私の様子がおかしいのに気づき、そして、私が何を見ているのか振り返ってみてくれたのだ。

「殿下！」

その声にニコは、魚に伸ばした手を一瞬引っ込めたが、また手を伸ばした。よほど昨日の魚つかみが面白かったのだろう。

ハンスの声に気づいた他の者が、緩慢に動き出そうとする頃、ハンスはもう走り出していた。しかし、ほんの数メートルの距離でも、ニコの手が魚に届く方が早い。

ニコまでおよそ三メートル。私は一瞬で自分の内側に意識を向けた。

「リア！」

警告する兄さまの声に構わず、私の魔力を結界へと変質させる。ぱーん、と結界を勢いよく広げた。

その結界はニコが触ろうとしていた魚を遠くへとはじいた。と同時に、ハンスがニコを抱え、結界箱の結界の中に引き戻す。その様子をしっかりと確認した私は、すっと結界を解いた。

「殿下！　あれは虚族なんです！　魚の姿を映した！」

ハンスは安全なところまでニコを運ぶと、そっとニコを地面に降ろし、かがみこんでニコの両腕をしっかりつかんだ。

「きょぞく、だと。しかし、きのうみたさかなそのままであった」

「いいですか、さっきちゃんと見たでしょう。虚族は人の姿もしているが、ネズミでも鳥でもその姿を映す。もちろん、魚でもです」

「さかなでも」

ニコはハンスの言葉を繰り返すと、何のことかわからずきょとんとしていたが、はっと何かに気づいたように体を固くした。

「さかなのきょぞく。さわったら、いのちをすわれていたのか」

「そのとおりです。間に合ってほんとによかった」

ハンスはニコの腕をつかんでいた両手を緩めると、そのまま安心させるようにぽんぽんと優しく叩いた。

「ニコ！」

そこにやっと動けるようになったアルバート殿下が走って来た。どうしていいかわからず立ちすくむアル殿下にニコが手を伸ばす。

そのニコを抱え上げると、アル殿下はニコをぎゅっと抱きしめた。

「ニコ！　何が起きたかと思ったぞ！」

「おじうえ。すまぬ。さかなをつかまえられそうだったから、つい」

「つい、ではない！　虚族には油断するなとあれほど言ったではないか！」

言ったとて幼児に理解できるものではない。賢いニコのことだから、もしかしたら理解していたのかもしれないが、面白い物があったら、そんな注意などどこかに吹っ飛ぶのが正しい三歳児だろう。

もうすぐ四歳であろうとなかろうとも。

「すまぬ、すまぬ」

繰り返すニコはよく見るとカタカタと震えている。命の危機だったことにはピンときていないとは思うが、急に大人に掴まれて連れ戻され、大きな声で怒鳴られたらそれはショックを受けるだろう。

私はニコとアル殿下の側に歩み寄った。ほんの数歩のところだ。そしてアル殿下の腿をパンパンと強く叩いた。

なぜ腿かって？　そこしか手が届かないからだ。

「これからは、な、なんだ」

アル殿下はびくっとして下を見た。もちろん、愛らしい幼児が見上げている。

「ニコ、ごはん、そちてねりゅじかん」

「何を言っているのだ」

「ニコ、リアも、あったかいものたべて、ねりゅ」

「ねる？　しかし」

動揺しているのはアルバート殿下も同じらしい。私の言っていることが頭に入っていかないようだ。

「あるでんか。にこ、みて」

「ニコはここに」

アル殿下は腕の中の震えるニコを見てはっとした。

「ニコ！　おい、誰か！」

誰かじゃないでしょ、まったく。

「はんす、もうふとあったかいのみもの」

「わかりました」

ハンスがすぐ指示を出し、簡易の調理セットでお茶を入れさせる。

「あまくちて」

「リア様」

「あまいのだいじ」

自分が甘いのが飲みたいだけではないのかというハンスの疑いの目を振り切り、ニコ用に甘いお茶を作ってもらう。もちろん、私の分もだ。それを少し冷たい水で薄めて、ふうふうすればすぐ飲めるくらいの温度にしてもらう。

「にこ、のんで」

「リア」

毛布に巻かれてアル殿下に抱かれているニコに、お茶のカップを渡す。まだ震える手を、アル殿下がぎこちなく支える。

「あったかい」

「あまいでしゅ」

「あまいな」

私は上着のポケットから紙に包んだおやつを取り出した。ナタリーに用意してもらった非常食だ。

ご飯も食べるが、その前にカロリー補給が必要だ。包んだ紙をねじねじとほどいていく。中にはカステラのようなケーキが入っている。私はそれを二つに割って、一つをニコに渡した。

「うむ。ありがたい」

「リア、それは」

アル殿下が私の方を見るので、私は残ったケーキを渋々半分にした。

「ちかたがないでしゅね。あい」

「な、私は」

アル殿下がうろたえている。欲しそうな目をしていたではないか。遠慮しなくてもいいのに。

「おじうえ、おいしいぞ」

「……いただこう」

甘いお茶とケーキはおいしい。食べ終わる頃には、ニコはうとうとしていた。

まだ夕ご飯を食べていないが、よほど緊張したのだろう。昼寝もほとんどしないニコがうとうとしているのは珍しい。

「リア」

「あい」

側で待っていてくれた兄さまに手を引かれて立ち上がる。

「おやしゅみなしゃい」

「ああ。良い夢を」

私も兄さまに連れられて小さいテントに入った。ギルが毛布と食事を用意して待っていてくれた。

「ご飯は一緒にたべましょう。そうしたら、最初はギルと休んでください。ギルと私は交代で虚族を見張ります」

「あい。にいしゃま、きをちゅけて」

兄さまは苦笑いしたが、食事をとった後すぐにテントの外に出て行った。残ったギルが毛布で私をくるんで、隣に横になってくれた。

「リア、やっちまったな」

「ちかたなかった」

「そうだな。でもよくやった」

そう言うと、毛布の上からとんとんと叩いてくれた。珍しくさえていた私の目も、あっという間に閉じた。さんざんな日だったなあと思いつつ。

第六章

好きなものを好きと言おう

夜寝たら次の日だったのはいつものことである。急いで飛び起きてニコを見に行ったが、ニコは元気そうだった。

「おはよう。リア」

「おはよう、にこ」

私が起きるとすぐにテントは片付けられ、ご飯を食べさせられるとあっという間に撤収となった。

こんな島はすぐにおさらばするのがいい。私は島を離れる船の上で、腕を組んでふむと頷いた。

「なにをしているのだ」

ニコが立ち上がると護衛が数人はっと腰を上げた。昨日のことがよほど響いているか、アル殿下に相当怒られたかどちらかだろう。

「ちまをみてまちた」

「れんごくとうか。おそろしいところであった」

ニコも私の隣で腕を組んで島を見た。

「ブッフォ」

平常運転で何よりである、ハンス。警戒過剰なニコの護衛に見習わせたいものだ。

「きんぐだむのそとのものは、あのおそろしさをまいにちかんじているのだろうか」

「にこ、ちがいましゅ」

「ちがう？」

私はニコの方を見た。船の残りの者が、聞き耳を立てているのが見えた。

「きょぞく、やまのしょば。まち、しょんなにこないでしゅ」

「よるに、いつもいるものではないのか」

私は首を横に振った。

「いるとこ、いないとこ、ありゅ。いえのなか、きょぞく、はいりぇない」

「いえにいればあんぜんなのか！」

「特殊な素材をドアや窓などの出入り口に使っていると聞きます。ローダライトの剣と同じ素材を」

説明の難しい所は兄さまが足してくれた。

「うぇしゅたー、たのちいところ。あしゃはやくおきて、よるまえにいえにかえりゅ」

「そうか。そうすればきょぞくにはあわないのか」

「あい」

周りの人も感心して聞いていた。トレントフォースは結界の恩恵はあったけれど、夜はやはり外に出る人はほとんどいなかった。もしかしたら、国境付近では不公平感は大きいのかもしれない。しかし、私の通った沿岸部や草原の町は、虚族におびえて暮らしてなどいなかった。

「これほどおとながいても、ちょくせつみてきたリアのほうがよくものをしっているのだな」

ニコ、それは言っちゃダメなやつ。

さすがにこのニコの言葉に笑いをこぼす大人はいなかったのだった。

なんだかんだ言っても、夜ぐっすりと寝たニコと私は元気だったが、寒い中起きていた大人たちは、もちろん船の漕ぎ手も含めて疲れ果てていた。その日は屋敷に帰ってすぐに夜まで休みとなり、元気だった私とニコは護衛の手を煩わせないよう、室内で静かに遊んでいた。

コールター伯の家にも小さい子どものいた時代はあって、広い子ども用の部屋も用意されていたので、私とニコはおもちゃを使って楽しく過ごした。

いつもお城に行く時は、一応名目はお勉強相手なので、こうして一日中勉強をしなくていいというのは楽しいものである。

おうちの中でも体を動かせる遊びはあるので、木の床を湖に見立て、湖に落ちた人が負けの鬼ごっこをしたり、ソファによじ登って飛び降りたりと、ナタリーが思わず悲鳴を上げそうになるくらいには元気に遊んだと思う。

昨日命の危機にあったニコは案外平気で、時々ぼうっと何かを思い出す時もあったようだが、だいたいはいつも通り過ごしていた。

夕食の後、休んでいた大人たちはほぼ全員そろい、明日からの予定を立てようとしていた。

「とにかくニコの護衛はもう少ししっかりしてもらわないと。一瞬でも目を離すから昨日のようなことがおきるのだ」

アルバート殿下に改めて言われて、護衛の人はしっかりと頷いた。今朝の船での様子を見ると、相当気にしているのだろう。なにしろニコを連れ戻したのは、私の護衛であるハンスなのだから。

しかし、いくら賢いからと言って、何をするかわからない幼児を危険な場所に連れて来たのはアルバート殿下だ。私だけでなく、他の人も注意したはずなのに結局聞き入れず、結果ニコを危険な目に遭わせた。

まだ旅を始めてほんの数日だ。しかし、ご飯がちゃんと食べられなかったり、無理な日程を立てたり、危険なことをさせたり、私から見たら、とてもではないがニコを任せられない。

ニコ殿下を、幼い子を連れて行くのなら、幼い子のペースに合わせなさいと強く言う人が誰もいないのが問題なのである。

「にいしゃま、おりりゅ」

「リア、トイレですか」

「ちがいましゅ」

失礼な。降ろしてもらった私は、少しぷりぷりしながらアルバート殿下の前までやってきた。

「なんだ」

「かえりましゅ」

アルバート殿下は私が何を言っているかわからないという顔をした。

「にこといっしょに、おうとにかえりましゅ」

仕方がないので詳しく説明してあげた。どうよ。これでわかったでしょう。

私は腕を組んでふんと顔を上げた。

「帰る」

「あい」

「どうやって」

「らぐりゅうで」

歩いて帰るとでも思っているのだろうか。

「リア、どうしたのですか、急に」

兄さまが慌てて立ち上がると私のもとにやってきてしゃがみこんだ。

「にこ、あぶない。おとな、ちゃんとみてない」

「それは、しかし」

兄さまは心当たりがあるかのように少し詰まった。だが、帰るとなると、護衛を二手に分けなければならず、危険が増す。当然、帰るべきとは言えないのはわかっている。

「しょせん幼児だな。嫌なことがあると逃げ帰るか」

アルバート殿下が私のことを見下げたようにそう言った。

その幼児に何度助けられたと思うのだ。

「いやなことありゅから?」

私は目の前にしゃがんでいる兄さまから一歩ずれてアル殿下に向き合った。

「ちがいましゅ。あるでんかが、だめだからでしゅ」

「やべえ、やめろ、リア様」

部屋の空気が凍り付き、絞り出したかのようなハンスの声が小さく響いた。

ハンスの言い方の方が駄目でしょ。

「その駄目な大人がいなくては帰れもしないくせに。もういい。黙れ」

「かえれましゅ」

「リア、もうよい」

「のれましゅ」

「一人ではラグ竜にも乗れまい」

私とアル殿下の子どもっぽい言い合いに、ニコが元気なく口を挟んだ。

「すべてはわたしのわがままがげんいんだ。ごえいがわるいのでも、おじうえがわるいのでもない」

三歳児にここまで言わせるとは、アル殿下は本当にどうしようもない。私はきっとアル殿下を睨んだ。

「これからはおとなしくおじうえについていくから、リア、しんぱいするな」

「そういうことだ」

なんでアル殿下は勝ち誇ったような顔をしているのか。

「なんのために」

私はめげなかった。

「まだ言うか」

「にこを、なんのためにちゅれてきたの」

アル殿下は虚を衝かれた顔をした。

「おとなちくしゅりゅためなら、こなくてよかった」

「それは」

「にことりあは、かえって、げんきにあしょびましゅ」

「しかし王都には危険が」

アル殿下はそう言いかけてはっと口を閉じた。そして、投げやりにこう言った。

「幼児だけで帰れるものか。帰れるものなら帰ってみるがいい」

「ごえいもいりましゅ」

「連れて行くがいい」

「にいしゃまもぎるもいりましゅ」

「好きにしろ」

どうせできないと思っているのだろう。私は振り返ると、座っているニコのもとに戻って、その目を覗きこんだ。いつもの元気はどこに行った。こんな顔をさせるために連れてきたんじゃないでしょ。

「リア」

「にこ、りあ、まかしぇて」

私の目に、自信を読み取ったのだろう。ニコは小さく頷いた。私はアル殿下の方に振り返った。

「あちた、かえりましゅ」

「できるものならばな」

「おとなげねえ」

まったくその通りである。

部屋に戻ると私は兄さまとギルとハンスとナタリーに囲まれた。

「リア」

「わかってましゅ」

兄さまは私の名前を気がかりそうに呼んだが、私もわかっているのだ。ニコはともかく、私が来たのはイースターの第三王子が王都に来るからだ。私のことを守ろうとする人がたくさんいたからだ。

でも、ニコは少し違う。

「あるでんか、にこといっしょにいたいだけ」

「アル殿下が、ですか」

兄さまが首をひねっている。

「にこのため、ちがう」

「ニコ殿下のためではないと？」

「あい、ううん、にこのため、ありゅ。でも、まじゅ、じぶんのため」

自分のためという言葉を皆少し考えているようだ。

「正直なところ、幼児が付いてこない方が旅は楽だと思いますよ、リア様。自分のためだけというなら、ニコ殿下は置いてくるような気がしますけどねえ」

ハンスが納得できないという顔をした。私は首を横に振った。

「あるでんか、にこ、だいしゅき」

「確かに何かとリアに対抗意識を持っているようですが、あ」

兄さまは何かに気がついたというようにはっとした。

「リアの方がニコと仲が良い気がして、悔しいということですか？」

「りあだけじゃないでしゅ。にいしゃま、ぎる。しぇんしぇいだから、なかよち」

「じゃあなんでニコとふれあわないのですか、ああ」

兄さまは想像がついたようだ。

「好きな気持ちを、どう表していいかわからないということなのですね」

「あい。わからなくても、べちゅにいい。でも、あぶないの、だめでしゅ」

それを聞いて、ギルが大人のように顎に手を当てて考えている。

「それとニコ殿下を連れて帰るということに何の関係がある？」

一緒に考えていたハンスがハッと気づいた。

「リア様、もしかして、寂しいから帰らないでくれと言わせる気ですか？」

「あい。にこがだいじなら、にこをだいじにちないと」

「そううまくいきますかねえ」

それはわからない。しかし、本当に王都に帰るなら、ニコの護衛と私たちだけではもちろん不安だ。

私とアル殿下の、どちらが先に折れるか、勝負なのだ。

「わからないなら、これからも、にこ、あぶない」

「アル殿下にとっては試練ということですね」

「あい」

勝負は明日だ。私たちは寝るまでに頑張って明日の打ち合わせを終えた。

そして次の日の朝ご飯の後、コールター伯の屋敷の前では、私ご一行様が今にも帰ろうとしていた。

既に兄さまたちも旅支度は終わり、あとはナタリーが竜車に乗り込むのを待っているところだ。

ナタリーはと言うと、私がラグ竜に乗り込むのを待っているので、結局私が動かなければどうしようもない。

「結局竜車に乗せてもらわねば帰れぬのではないか」

アル殿下が馬鹿にしたように腕を組んでいるが、周りがハラハラしてそれを見ていることに気がついていないの、ちょっと間抜けだからね。

私はただ腕を組んで、ふふんと言う顔でアル殿下を見ただけだった。

「ぐっ。いちいち腹の立つ」

アル殿下は、修業が足りないのではないか。

それからくるりと竜の方に振り返った。既にミニーには移動用のかごを取り付けている。

「りゅう！」

「キーエ！」

「キーエ！」

私の声にミニー以外のラグ竜が集まった。ニコは経験があるので、落ち着いたものだ。しかし大人たちはそうではなかった。

「なんだこれは！」

「は！　殿下が！　リーリア様が！」

それはもう大騒ぎだ。しかしラグ竜がたくさんいて私たちに近づけない。その大騒ぎを尻目に、私は一番近くにいた兄さまのラグ竜に手を伸ばした。

ラグ竜は大きな頭をぐっと下げてくれた。私はその鼻面にぺたりと張り付いた。

「ああ、リア様が！」

「なんと……」

ハンスや兄さまたちが助けに入ろうとする大人たちを止めてくれている間に、ラグ竜はそっと私を持ち上げるように頭を起こすと、ミニーのかごのところまで移動してくれた。

「よっと」

ラグ竜の頭から手を離すとかごにすとんと落ちる。ほら、これでかごに乗れた。私は腕を組んでどうだという顔をしたが、かごの中であまり他の人には見えなかったと思う。

「ちゅぎ、にこ、どうじょ」

「わかった。りゅう！」

ニコも大きな声で竜を呼ぶと、別のラグ竜が慎重に頭を寄せる。ニコがしがみつくと、そのまま私の反対側のかごに乗せてくれる。

「のれたぞ！」

「あい！」

その私とニコの声とともに、ナタリーが竜車に乗り込み、兄さまやギルも竜にまたがった。

もう周りの大人たちは呆気に取られてそれを見ているしかない。もっとも、おじいさまが苦笑しながら頭を振っているのが見えた。大騒ぎしてごめんね、おじいさま。

そのうえで兄さまが、呆然としているアルバート殿下に声をかけた。

「それではアルバート殿下、妹のわがままのために申し訳ありませんが、一足先に王都に戻ります。安全を優先して最短で帰りますので、どうかご安心を」

「いや、その、待て」

しどろもどろのアルバート殿下に、ニコがかごの中から声をかけた。

「おじうえ、わたしがしっかりしていなかったばかりに、こんなことになりもうしわけない。かえりは、ちゃんとみんなのいうことをきくので、あんしんしてほしい」

「ニコ、ニコ、待て」

焦るアル殿下に、ニコは最後に大きな声を出した。

「おじうえ、だいすきなおじうえとたくさんいっしょにいられて、わたしはとてもうれしかった」

この声はアル殿下の心にちゃんと届いただろうか。何も言えず拳を握っているアル殿下をちらりと見ると、私はラグ竜に声をかけた。

「しゅっぱちゅ！」

「キーエ！」

「キーエ！」

ラグ竜は楽しそうに声を上げると軽やかに動き出した。

「ゆっくりとでしゅ」

最後に付け足した小さな声に、ラグ竜は、

「キーエ」

と小さな声で答え、ゆっくりと進んでくれた。

「ぐすっ」

ミニーの反対側から泣き声がする。

「にこ、なかないで」

「ないてなどいない。むねのところがいたくて、ちょっとめがあつくなっているだけだ」

「にこがなでてるとこ、たぶんおなかでしゅ」

見えないけれどそうだと思う。ランバート殿下と離れた時でも泣いたりしなかったのに、やはり寂しいのだろう。やがてニコが顔を起こした気配がした。

「リア、たのしかったなあ」

「あい」

「まだかえりたくなかった」

「あい。たぶん」

「たぶん？」

落ち込んだニコの声がする。

「たぶん、だいじょうぶ」

「キーエ」

ミニーがこちらに振り向いた。スピードを上げようかって？

「キーエ」

だって後ろからすごい勢いで何かが来るから。

「しょのままで」

勝負は負けてもいいのだ。

大切なものを大切にしよう《アルバート》

振り分けかごを付けた一回り小さい竜を、大きい竜が囲むようにして走り去っていく。

「キーエ」

「キーエ」

残された竜たちも別れの挨拶をしているようだ。

「竜ってこんなに鳴く生き物だったたか」

「めったに聞いたことないぞ」

「キーエ！」

まるで自分たちも付いて行きたいのだというようにラグ竜が鳴く。そしてニコを乗せた竜が小さくなっていく。

「殿下。よいのですか」

コールター伯が慌てて走り寄ってきた。

「まさか本当に帰るとは思いませんでした。帰ると駄々をこねているものとばかり。理解が追い付かぬ。なぜラグ竜が幼児の言うことを聞く。幼児が幼児だけでラグ竜に乗って出かけられるなど、あり得ぬ！」

苛立って口走っているが、私も同じことが言いたい。なんだ、なんだあの生意気な幼児は！

「殿下、早く後を追いかけないと！　盗賊など近くにはいないはずだが、何かあってからでは遅い！ネヴィルよ！　孫たちが心配ではないのか！」

コールター伯の苛立ちは暢気に孫を見送っているネヴィル伯にも向けられた。

「心配は心配だが」

ネヴィル伯はちっとも心配しているようではなく、走り去る竜を目を細めて見ている。

「あの小さい竜と竜のかごは私がリアのために工夫したものでしてな。こないだ二歳の誕生日に贈ったのですよ。上手に乗れるのは知っていたが、乗り込むところからあれほど見事に使いこなすとは思わなんだ。さすがにクレアの子よ」

「爺馬鹿になっている場合か！　早く連れ戻さねば危険だと言っているのだ！」

「さてな」

ネヴィル伯はのんびりと後ろで手を組み、空を見上げた。

「私の任務はアルバート殿下を見合いの地まで無事案内すること。たとえ愛しい孫のこととはいえ、勝手に殿下の側を離れるわけにはいかぬのだよ」

それはつまり、私自身が追いかけねば誰も動かないということになる。しかし、向こうが泣き言を言う前に私が動けば、それは私があの幼児に負けたことになる。

なぜあの幼児の兄もリスバーンも、何も言わず幼児の言うことを聞いているのか。

私はニコの安全を思う気持ちと、今動けば負けてしまうという気持ちの間で揺れ動き、何もできずにいた。周りの者が、行かせるべきではなかったのにという目で見ているのも苛立つ。

「ルークが言っておりました。ニコラス殿下と初めてお会いした時、抱っこをねだられたと」

ネヴィル伯が意外なことを言いだした。

「なんだと。ニコがか。あの礼儀正しい子が、他人に抱っこをねだるなどとは」

「兄さまはよいものなのだと、よく抱き上げてくれるのだとリアが自慢していたらしいですぞ。はっはっは」

笑い事ではない。今、ニコが十分な護衛もなく王都に戻ろうとしているのに。

「あの幼児が」

「あの幼児ではありません。リーリアですよ、殿下。リアと呼んでもいいですが」

「む。すまぬ。そなたの孫であった」

なぜだか名前で呼びたくない。その気持ちをやんわりと指摘され、さすがの私も謝らざるを得なかった。

「王族の教育は厳しいもの。リアは同世代の相手のいないニコラス殿下の、遊び相手として選ばれたのです。そして、正しく幼児としての心得をニコラス殿下に伝えていると、私はそう思いますが」

「幼児としての心得だと。そんなものはない」

私は鼻で笑った。王族は民のことを考えるよう、幼い頃より厳しく育てねばならぬ。兄上とて、私とて、三歳より前からしっかりと教育を受けてきた。遊び相手などという者はいなかったではないか。

「よく食べて、よく遊んで、よく寝る。やりたいことをやりたいと言う。これができてこそ、心も体も健やかに育つものです。しかしこの旅の間、ニコラス殿下はどうでしたかな」

「旅の間……」

旅の間も何も、普段から王族の生活はきちんと管理されているはずだ。

「我らが気づかなかったのも申し訳ないことですが、社交に巻き込まれ、食事も十分ではなく、子どもたちが文句を言わないからと言って遊ぶ時間も取らせず強行軍。なおかつ、あわやというところで虚族に」

「ネヴィル。言いすぎだ」

ネヴィル伯の言葉をコールター伯が慌てて止めた。ネヴィル伯は首を横に振って見せると、私をまっすぐに見た。それは私を責めている目ではなかった。

「今回の旅にニコラス殿下を連れて来た理由はなんですかな、アルバート殿下」

「それは、ニコには幼いうちから広くあちこちを見せたかったからで」

「その旅に余計な者たちがついて来て、自分と過ごすより楽しく過ごしているのが悔しいと、そういうわけですかな」

「それはちが」

反論しようとして言葉が止まった。最初はニコだけを連れて行くつもりだった。そこから話が大きくなり、小さい者たちも来ることになった。そしていざ旅に出てみたら、自分のなすことはうまくいかず、いい所をあの幼児に取られてばかりで。

ニコの満面の笑顔も、水遊びではしゃぐ姿も、みな自分が叶えてやりたかったことなのに。

「ニコラス殿下から学ばねばなりませんな」

「何をだ」

「殿下もしたいことはしたいと言わなくては」

「は」

ネヴィル伯は私の方を見、そして小さくなっていく一行の方を眺めた。

「大好きな叔父上と一緒にいられて嬉しかったと、言っておられましたなあ」

確かに最後にそう言っていた。

「ニコラス殿下は、帰りたくはなかったのではないですかな。しかし」

「自分が迷惑になると思い、あの幼児に従った、のか」

「アルバート殿下、言っておきますが、あの元気で好奇心旺盛なうちのかわいくて愛らしい孫も、帰りたくなどなかったと思いますよ」

かわいいかどうかも愛らしいかどうかもわからない。私に正面から向かってくるあの変わった幼児は、では何のためにニコを連れ帰ったのか。

「あの小さな竜は、小さい分機動力がある。足は速いのですよ。なぜかまだ姿が見えておりますが」

私は唇を噛んで下を向いた。結局あの幼児の思惑通りか。周りは私がどうするか固唾をのんで見守っている。

「負けたからと言って、誰が損をするのですかな」

私ははっとして顔を上げた。私の悔しい思いは、ニコの安全と、そしてニコと過ごす楽しい日々と、はかりにかける価値があるものなのか。

「竜を！」

「はいっ！」

「キーエ！」

護衛はともかく、なぜ竜が嬉しそうに返事をするのだ。

「最短で帰ると言った割に、ゆっくり移動しているあれらに追いつくぞ！」

「はい！」

「キーエ！」

「キーエ！」

そして今度はあの幼児に負けぬほど一緒にニコと過ごすのだ。

「やれやれ、殿下もまだお若い」

その時の私は、あの幼児のペースに巻き込まれて、見合いのために北部に来たことをすっかり忘れていたのだった。

◆

「すごいいきおいでらぐりゅうがくる。もしやとうぞくか」

ニコは後ろを振り返ると、少しわくわくしたようにそう言った。なぜわくわくしているのだ。

「ちがいましゅ。にいしゃまたちをみて」

ラグ竜を含め、誰もかれもが落ち着いている。

「ふむ。とうぞくではなかったか」

「とうぞくこわいでしゅよ……」

かわいそうなのは盗賊扱いされたニコの叔父上だが、私はそれを教えてあげるほど親切ではなかった。心なしかさらにゆっくりになった私たち一行のもとに、土ぼこりと共にラグ竜の一団が駆け込んできた。

「キーエ」

ミニーは小さく鳴くと足を止め、それに合わせて他のラグ竜も皆止まった。

「ニコ!」

「おじうえ?」

一頭のラグ竜から飛び降りたのはアルバート殿下だった。かごの中のニコを覗き込むが、ニコはベルトで固定されていて動けない。既にラグ竜から降りて様子をうかがっていたハンスが素早く近寄り、ニコのベルトを外す。

反対側に来てついでに私のベルトも外す。有能である。

コールター伯の屋敷を出てくる時は、いかにも自分たちでラグ竜に乗れるようなふりをしてはったりをかましたが、実際はベルトの固定にも、乗り降りにも、まだ大人の手伝いがいる。竜車に乗るのでさえ、階段の段々を安全に登るのはまだ難しいのだから。

子どもだけでラグ竜に乗れるなど、幻想である。残されたほうの大人たちは見事にだまされて慌ててくれたけれど。

せめて兄さまやアリスターくらいの年になって、騎竜できないと、ちゃんと竜に乗れるとは言えないのである。

アルバート殿下は、ベルトを外されて自由になったニコをかごから抱え上げると、ぎゅっと抱きしめた。

合格だ。

私はかごの中でうむと頷いた。そして兄さまを見た。兄さまは急いで側に来てくれたが、かごから私を抱え上げるには少し背が足りない。ギルがよいしょとかごから私を持ち上げて、兄さまに手渡してくれた。野菜の収穫みたい。

「リア様、芋の収穫みたいだな」

ハンスが同じことを考えていたのが若干腹立たしい。しかも芋とはなんだ。

「リアはお芋が好きですから、よかったですねえ」

「あい！」

よくはない。お芋が好きなのと自分が芋扱いされるのはまったく別物である。それでも兄さまがお芋でよいと思うのなら、お芋でもよいのである。

私は兄さまの首に手を回してぎゅっと抱き着いた。

「おじうえ、とうぞくはいないらしいから、しんぱいはいらないぞ」

「そうではない。そうではないのだ」

アルバート殿下は、ニコをぎゅうぎゅうと抱きしめている。何かが出ちゃわないか。

「ニコ、まだ帰るな。ちゃんとニコに合わせて、もう無理はさせないから」

「おじうえ。わたしはだいじょうぶだ。ただ、わたしよりちいさいリアにあわせてやってくれないか」

「ニコ、お前は！」

アル殿下だけでなく、皆がニコの言葉にほろりとなったのではないか。

私？　偉そうなこと言ってるけど、虚族に手を出しそうになったのはニコだよねと問いたいくらいなので、ほろりとはならなかった。

「リアも大事かもしれないが、私のことも少しは見てくれ」

ついに言った。

私はほっとした。正直が一番である。もっとも、私は特にニコに大事にされているとは思っていないのだが。どこをどう見ればそうなるのだろう。

「なにをいう、おじうえ。リアはともだちだが、おじうえはおじうえだ。ちちうえとおなじくらいだいすきだ」

「ニコ！」

私だって兄さまが大好きだ。

「リアはまいにちのようにあうが、おじうえはたまにしかあえぬ。かえってきていっしょにいられるのがいつもたのしみなのだ」

「私もニコの顔が見たくて王都に帰ってくるのだ。今度もニコと一緒にいられて嬉しかったのだが、つい無理をさせた」

「わたしはかまわぬ。だが、リアがしんぱいする」

どの口が私はかまわぬとか言っているのか。近くにいたらニコの頬を両側から引っ張って伸ばしていたところだ。

私はぷりぷりした。まったく、二人のせいで私がどれだけ苦労していることか。

「リア、リアは怒っていてもかわいいですねえ」

「にいしゃま、だいしゅき」

「キーエ」

なぜだかついでにラグ竜が返事をした。その声でアル殿下が私にも気がついた。

そしてニコを抱えたまま、私に近づいてきた。

やるのか。私は心の中でしゅっしゅっと拳を振った。

「リーリア、その」

殿下が少し口ごもる。私は返事をせずに、兄さまの胸に頭をもたれさせた。

「リア、ちょっとお前、幼児っぽい」

なぜそこでギルが笑うのか。

「私はこんな幼児に対抗していったい何を……」

アル殿下がぶつぶつ言っている。

「リア、降りましょうか」

「おじうえ、わたしもおりる」

子ども二人は下に下ろされてしまった。

「アルバート殿下。リアはちょっと変わった子です」

「にいしゃま……」

なんとひどいことを言うのだ。しかし兄さまは残念そうな私をちらりと見て、頭の上にそっと手をのせぽふぽふと弾ませると、また殿下の方を向いた。

「リアは、変わっているだけでなく、かわいい子です。私たちにとっては、それが一番なのです。でも、変わっていてもかわいくても、中身はとても賢い子です。ニコ殿下は私から見てもまれにみる賢さですが、リアはそれに勝るとも劣らぬほど賢いです」

兄さまは私のことをかわいいと思っているので、本当はニコより賢いと思っていることは知っている。私は胸を張った。

それなのに、アル殿下が、疑わしそうに私を見た。しかも私は中身は大人だぞ。たぶん。最近やや自信がなくなって来てはいるが。

「見かけのかわいらしさに惑わされて、本質を見失わないでほしいと思います。まだ出発して数日、私たちはリアに何度助けられたことでしょう」

アル殿下は口を開けて何か言おうとして、また閉じた。ニコに無理をさせて、私に助けられたりたしなめられたりしたことを思い出したのだろう。

「私たちはニコラス殿下のついでに来た添え物です。アルバート殿下は、私たちを気にせず、気負わず、ニコ殿下を心ゆくまで大事にし、旅を楽しんだらよいのです」

兄さまは私たちと言ったが、正確には「リアを気にせずに」だろう。変な対抗意識を持つから悪いのだ。

「申し訳ないことではありますが、私たちは私たちで、勝手にこの旅から学び、この旅を楽しむつもりでおります。もちろん、ニコラス殿下のことはちゃんと気にかけますが」

もちろん、今までだってちゃんと気にかけてきた。私はまたふんと胸を張った。私を見たアル殿下の口の端が引きつっている。

「殿下はお見合いのことと、ニコ殿下のことだけを考えてくださればよいのです」

「わかった」

不承不承という感じで頷いた殿下だったが、

「意地を張ってすまなかった。ニコのことはちゃんと見るから、連れて帰るなどと言うな」

ときちんと謝った。何という進歩か。

「ちかたないでしゅね」

「リア」

ちょっといばったら兄さまにたしなめられた。私は組んでいた腕をもとに戻した。

「にこといっしょにもどりましゅ」

「そうしてくれ」

こうしてアルバート殿下が少し素直になって一件落着だ。ただ、

「とうぞくはほんとうにいないのか」

ニコがちょっとうるさい。

「いましぇん」

これを誰かが代わりに解決してくれないものか。なぜ二歳児が盗賊のことを知っていると思うのだ。

王族って面倒くさいと思う私であった。

◆

「おじいしゃま！」

「おお、戻って来たな」

私は竜のかごから降ろしてもらうと、待っていたおじいさまに走り寄った。

「おうおう、よちよち」

「ちてない！」

「そ、そうだな。いやー、リアは足が速いな」

みえみえのお世辞だが、ないよりはよい。そしておじいさまは高く抱き上げてくれた。

「どうやらもくろみ通りか？」

「あい！　またいっしょでしゅ」

「そうかそうか」

話している内容は実は、結構腹黒いものなのだが、はためにはお年寄りと幼児のほのぼのとした触れ合いに見えることだろう。

「おじうえ、わたしにもあれをやってくれ」

「あれ？　ああ」

ニコがアル殿下に高い高いをねだっている。ぎこちなくそれをしてあげているアル殿下は、私たちが何を報告し合っていたかなど見ている余裕はなかっただろう。まったく手のかかる人たちだ。

「どうなることかと思ったぞ。やんちゃなお子たちだな、四侯の次代は。それにしても、ギル殿はせめて一緒にならずに、二人を止められなかったものか」

コールター伯がやれやれと言った表情で近寄ってきた。そして少しでも話の通じそうなギルに話しかけている。兄さまも私とひとまとめに無茶をすると認定されてしまったらしい。申し訳ない。

「多少年上ではありますが、俺には、いや私にはこの二人を止めるのは無理ですよ」

「だから側についてフォローに回っているのかな」

ギルはにこりとすると軽く肩をすくめた。

四侯は対等である。だからどこにも権力が集中しないのだし、お互い誰の下に付くこともない。

ニコのことに関しても、この旅に関しても、ギルはまるで控えのように振る舞っているが、本来そのような性格ではない。

むしろ兄さまよりまっすぐな、はっきりとした性格だし、行動力もある。私を捜しに、そして迎えに来るのに一一歳の子どもの同行など許されなかっただろう。あくまでギルがいたから、兄さまが行くのも認められたのだ。

控えめにしているのは、ギルがそうしたいから。私たちにつき従っているようにしか見えないとしたら、その人の目がむしろ節穴ということになる。

コールター伯は、おじいさまの腕の中でコールター伯をじっと見ている私を見ると、あきれたように、そして面白そうに目を細めた。

「リア殿、それで私は合格ですかな」

「あい」

ギルのことを評価できるコールター伯はちゃんとした人だ。というか、最初からちゃんとした人だった。

「少し遅れてしまったが、そもそも準備も終わっていることだし、このまま旅立とうと思う」

「そうですな。予定より少しばかり遅れていますしな」

遅れているのは、煉獄島に行きたいと言った殿下方のせいである。決して私が王都に帰ると主張したせいではない。

「わかっている。そんな目で見るな」

「ふつうでしゅ」

「いいや、絶対に違う」

私はアル殿下とのそのやり取りに懐かしさを覚えた。ヒュー。元気にしているだろうか。

「おじうえ、りあとあそんでいるばあいではないのではないか」

「遊んでなどおらぬ」

アル殿下ははっとして出発の指示を出し始めた。それならば私たちも準備を始めよう。

「みにー！」

「キーエ！」

せっかく旅支度をしたのだから、今日はミニーに乗って旅立とう。

「キーエ」

「キーエ」

さあ、頭につかまりなさいと、ラグ竜が集まってくる。ほんとは抱き上げてもらった方が、楽にかごに乗れるのだが、さっき頑張って見せた手前、ハンスに乗せてもらうとは言いにくくなってしまった。

「あい！」

手を広げると、一頭のラグ竜が頭に私をくっつけてすっと私をすくい上げたので、ぎゅっとしがみつく。そのままゆっくりとかごに移動してもらい、ふっと手を離すと、すとんとかごに入ることができた。

「わたしもだ！」

「キーエ」

「ニコ！　お前は竜車だ」

「なぜだおじうえ」

「それは」

理由は別になくて、なんとなく危ないような気がするからなのだろう。

「おじうえはりゅうにのってとなりをはしればよいではないか」

「それは」

アル殿下はまたそこで止まった。それは楽しそうだが、ニコの安全のためにどうなのかと迷っている気配が伝わってくる。

「リアの隣は私ですね」

「あい！」

兄さまが微笑みながらかごのベルトを固定してくれる。

「キーエ」

「なんだお前は。ニコを乗せるというのか」

「キーエ」

わかってるじゃない、はやくはやく。ラグ竜がアル殿下をせかしている。

「わかった。仕方がない。しかし竜の上は寒い。疲れたり寒くなったりしたらすぐに言うのだぞ」

アル殿下はニコにそう言うと、仕方ないというように私の方も見た。

「リーリア、お前もだぞ」

「あい！」

「素直なのはそれはそれで得体が知れない」

失礼な。小さい声で言っても聞こえてるんだからね。

兄さまもくすくす笑っている場合ではない。

「さ、我らも竜に乗りましょう。コールター、世話になった」

「ネヴィルよ、私はいい。もうここで殿下方の帰りを楽しみに待つだけだからな。しかしおぬしは
これからこの厄介な幼児と面倒な王子たちを連れて、無事お見合いの場に連れて行かねばならぬの
だぞと、言いたかったに違いない。

「なんの。これほど楽しいのは久しぶりだ。これから何が起こるか、心躍る思いだ」

「そういう奴だったよ、おぬしは。だからこそクレアをオールバンスに託せたのだしな」

そうだともそうでないとも言わず、おじいさまは竜を北の方に向けた。あとは旅立つだけだ。

ラグ竜が何かを期待するようにこちらをちらちらと見ている。

そして竜を挟んだ反対側のかごからも期待する気配がする。

「ちかたないでしゅ。ここはにこにゆじゅりましゅ」

「いいのか！」

「あい」

何のことだと大人たちが振り返ったとたん、ニコが大きな声を上げた。

「しゅっぱつ！」

「キーエ！」

「キーエ！」

かわいい子たち。やっと出発よ。

「おい、なにを、うわっ」

私は服の中からお父様にもらった笛を引っ張り出した。

「プー、プー」

「キーエ！」

「キーエ！」

さあ、この楽しい音に合わせて、足を動かそう。

「こらっ、急にどうした」

「キーエ！」

「キーエ！」

北には仲間が待っているから。

「しゅっぱちゅ！」

「キーエ！」

「キーエ！」

「リアにはかないませんねえ」

さあ、とりあえずおじいさまの屋敷へ！

《了》

特別収録

いつだって心には

よく統率のとれたラグ竜の群れが小さくなっていく。

ウェスターでは見たことのない光景だ。

「あーあ、いっちまったな」

バートの声が草原に寂しく響く。

草原を渡る風も、体を素通りしていくようだ。

「リア……」

思わずつぶやいたけど、いつもなら「あい！」と返ってくる返事はない。

もう一一歳なんだ、俺は男だと思っても、思わず涙がこぼれそうになる。

でも、

「リアー、ほんとは行かせたくなんかなかったのにー」

「ハンカチはどうした」

「持ってないー」

涙でぐしょぐしょのミルと、いつものバートを見たら、涙が引っ込んでしまった。

「リアに何度も持つように言われてただろうに……」

「リアー」

「しょうがねえなあ」

バートはくしゃくしゃのハンカチをポケットから引っ張り出すと、突っ立ったまま泣いているミルに渡している。

「しかしまあ、リアの兄ちゃんを見た時も、一一歳にしてあの風格、お貴族様ってすげえなあって思ったけど、父ちゃんはそれどころじゃなくお貴族様だったなあ」

キャロの言葉にクライドが黙って頷く。

それどころじゃなくお貴族様だったってなんだよ。

でも、草原にいて、護衛に囲まれているのに、まるで自分の家のようにくつろいでいた。

俺たちのことはリアに叱られるまで、気づいてさえいないようだった。

俺の父さんもそうだったんだろうか。

俺はリアみたいに大事に思われていたのか、それとも、どうでもいい人間みたいに思われていたのか。

俺は小さくなるリアたちを眺めながら、思わず手をぎゅっと握った。

「まあ、アリスターの兄ちゃんはそんなに貴族貴族してなかったけどな」

キャロの言葉にまたクライドが黙って頷く。

そうだ。ギル。

俺は握っていた手を思わず開いた。

何もかも正直に話してくれた。

俺の父親は、侯爵としてはきちんと仕事をしていたが、あちこちに女を作って、男としては尊敬できなかったこと。俺の他にも腹違いの兄弟姉妹は何人かはいて、その全員を今のリスバーンの当主、つまり俺の一番上の兄で、ギルの父さんが責任を持って面倒を見ていること。

死ぬ間際にやっともう一人子どもがいると判明し、必死に捜したが既にウェスターに出ていたこと。

そして、四侯の瞳を持つ俺を利用されたくなくて必死に逃げた母さんに、ギルもギルの父さんも敬意を持っていると。

「今まで苦労させたな」

そう言われた時は、何となく胸がギュッとしたけれど。

「別に」

そう答えた通り、苦労なんてしてなかった。母さんがいればそれでよかったんだ。

母さんが死んだ後だって、自分の力で生きてきた。そんなことは苦労でもなんでもない。

「ああ、これでリアがやっと父ちゃんのところに帰って、きっと幸せになる。それでいいんだ、それで」

自分に言い聞かせるようなバートの言葉に、皆深く頷いた。

「リアー」

まだ泣いているミルを除いて。

領都シーベルに来て、まず第一にすべきことはリアをキングダムに戻すことだった。俺がどうするかはその後でいい。でも、リアがキングダムに行ってしまった後、俺は実際はどうなるのか。

実は少し不安だった。

城に帰る足取りも重くなる。

「キーエ」

ラグ竜の足取りだけどな。俺はラグ竜の背をポンポンと叩いた。

リアと一緒に過ごすようになって、ただの乗り物だったラグ竜の気持ちが前より少しわかるようになってきた。

ただ、言われたままにとっとっと走っているだけでなく、元気のない俺を心配するラグ竜の気持ちが伝わってきて、心が温かくなる。

そうだ、どんな状況でも、自分のやりたいことは変わらない。

バートたちみたいに優秀なハンターになって自立すること、リアに会うまで疎ましくさえ思っていた俺の魔力を、きちんと使いこなせるようにすること。

「キーエ」

それでいいのよ、と励まされた気がした。


城に戻ると、ヒュー王子が待ち構えていた。

「無事に送ってきたぜ」

「そうか」

バートからそれだけ聞くと、ヒュー王子はくるりと向きを変え、ついて来いというように歩き始めた。

もう興味がないというようなそぶりだけど、俺は知ってる。

リアのことが心配で、きっとここでうろうろしてたんだ。それに、リアが戻れてほっとしたのと、いなくなった寂しさと。俺たちがさっき味わった気持ちを同じように感じているんだ。

一緒に旅をしている間に、ヒューがすっかりリアを大事に思うようになってたこと、みんなわかってた。

バートが王子の後ろを歩きながら、やれやれと肩をすくめる。

「もっと話を聞かなくていいのかよ」

「大事にしていた執事と会う話なら、既に聞いている」

「違うぜ。オールバンスが来てたって話」

「なんだと」

急に立ち止まったヒュー王子の背中に皆ぶつかるところだった。

「オールバンスというと、あのオールバンス侯か」

「うーん、どのオールバンスがいるのか知らねえが、リアの父ちゃんが来てたぜ。国境ぎりぎりのところにな」

「オールバンス侯が……」

ヒューが目を見開いて驚いているところなど初めて見たが、それだけ四侯が来るのが珍しいってことなのかな。

「みんなきれいな淡紫の目をしてて、壮観だったなあ」

確かに、目の色だけはそっくりだった。というか、何もかもそっくりだったのに。

「あんなにリアとそっくりなのに、父ちゃん、切れ者って感じでさあ。ルークさんもたいがい賢そうだったが、父ちゃんはもっとだったよ」

さっきまで泣いていたミルが、みんなが言えずにいたことをぽろっとしゃべってしまった。

「とぼけた見かけなだけで、あの幼児も、あー、リーリアも、別に賢くないことはない」

ヒュー王子がわかりにくいほめ方をして、何となく和んだが、そんなリアはもういないと思うとやっぱり元気は出ないのだった。

「なあ、王子さん、これから俺たちどうするんだ」

キャロが皆を代表して聞いてくれた。

本当は皆は自由にしてよくて、俺だけが城で我慢して過ごせばいいことなんだ。うつむく俺の肩をクライドがポンと叩く。何にも言わないけど、気にすんなって伝わってくる。

「それを話すために今、わざわざ私が案内におもむいているのではないか」

ヒュー王子のイラっとした様子が伝わってくるが、そんなこと一言も言っていないのに、わかるわけがないだろうと思う。

「そろそろ狩りに行きてえなあ」

空気を読まないミルの声がヒューをますます苛立たせているが、正直なところそれが皆の思いである。

ヒューは俺たちを城の奥まったところにある部屋に連れていった。

「やあ」

「やあじゃねえよ」

思わず突っ込んでしまったのはキャロだが、さすがに世継ぎの王子にそれはないと俺でも思った。

「ハハハ。気にするな」

いや、気にするだろ。割と堅い感じのヒュー王子と違って、ウェスターの第一王子のギルバート殿下は明るく、気軽だ。あまり王族という感じはしない。

「そうだぞ。兄上は気さくな方だ」

ヒュー王子までそう言うほどだ。

俺は自分の力を利用されるのが怖くて、ウェスターの王家からの呼び出しからずっと逃げていた。

でも、実際会ってみれば、本音は違うのかもしれないけれど、民のために結界箱を使いたいという、ただ理想に燃えたただけの人たちだった。

「まあ、その辺に座れ」

第二王子のはずのヒュー王子も適当だ。

戸惑って緊張しているのは俺だけで、バートたちは遠慮なくあちこちの椅子やソファにどっかりと座り込んだ。

わかってたけど。

みんなすげえ。

「さて、これからアリスターがどう過ごすか、決めよう」

これからかよ。

俺はキャロと違ってちゃんと心の中で突っ込んだが、これからのことが勝手に決められているんじゃないことにほっとしてもいた。

ギルバート王子がゆっくりとしゃべり始めた。

「アリスターがウェスターにとどまるつもりなら、成人したら爵位を得ることになる。そうだな、最初は子爵あたりか」

勝手に決められてた。

驚いて何も言えない俺に構わず、王子はどんどん先のことを話していく。

「そのためには、貴族としての振る舞いと知識を身につけねばならないし、成人して魔石を扱えるよう、魔力操作も学んでもらうつもりだった。当然、住むところは城の一角になるが、そうでなければハーマンにでも預けるかと」

「ハーマンは嫌だ」

すぐさま断った俺に、ギルバート王子はふっと笑みをこぼした。

「まあ、そうであろうな。しかし決まり事にはきちんとしている男なのだぞ」

そうは思えない。

「だが、結界箱の利用については再考することになったし、アリスターも狩人として生計を立てたいとヒューバートから聞いている」

「はい」

ここはしっかりと返事をしておく。

「それでだ。キングダムに帰らないとはいえ、リスバーンの血筋として正式に認められた者に、爵位を与えぬわけにもいかない。それに、将来的にはやはり結界箱の活用に関わってほしい」

隣に座っていたキャロが俺の足を、クライドが俺の肩をポンと叩く。

二人とも肩を叩けばいいのに、キャロは手が届かないからか。

「手は届くからな。偶然だ、偶然」

おっと心の中が漏れていたかもしれない。

そう思うくらいには俺の心は明るかった。

魔力があることで、爵位を得ることになったが、義務も責任も増えた。

以前の俺なら、そんなふうに縛られること、利用されることを何よりも嫌っただろう。

でも今の俺は、リアならどう思っただろうかと考える。

魔力がたくさんあることで、爵位を得られることについては、

「ごはん、おやちゅ、いっぱい」

そう言って満足そうに頷いただろうし、義務があることについては、

「しょれでごはん、たべれりゅ。ちかたにゃい」

と言い切っただろうと思う。そして、その義務と責任の中で、どう相手を出し抜いて自由に生きるかを楽しんで過ごすのだろう。やりたいことを何もあきらめずに。

だから、ウェスターの王家が何と言おうと俺の考えはもう決まっているんだ。

「俺、城ではなく町でバートたちと暮らしたいです」

「ほう」

王子は興味深そうに少し口の端を上げた。

「ハンターの仕事は、夕方から夜にかけてなんだ。だから、昼間は城に通って、その、貴族の振る舞いとか、魔力操作とかを習うよ。それで、夜はハンター見習いとして働きたいです」

リアに教わったんだ。魔力があるなら、その力を伸ばしたり上手に使えたりしたほうが、生きるのがずっと楽しくなるってこと。

「兄上」

「ヒュー。よい。わかっている。その者の言う通りにしてやれと言うのだろう」

「はい。魔力操作については、旅の間に見ておりましたが、むしろ私たちの方が教わる立場かと思われます」

俺は驚いてヒューを見た。そういえば、ヒューが魔力を魔石に注いでいるのを見たことはなかったように思う。

「アリスター、お前はそもそも私よりずっと魔力量が多いのだぞ。市井で暮らしていたから、教えることも多かろうと思っていたのに、あのとぼけた幼児でさえ私よりうまく魔力を操るとは、さすが四侯というか」

ヒュー王子がそんな風に思っていたとは全然気づかなかった。

「そなたの兄たちにも恐ろしいほど力があったぞ」

ギルバート王子が何かを思い出しながらしみじみしている。それを横目で見ながら、

「結界箱についてもあきらめたわけではない。オールバンスとリスバーンに提案されたのだが、まずは町の外、ユーリアス山脈の側での実験から始めてみようと思うのだ」

とヒューは続けた。

「俺、やります。ルークにできたことは、そのうち俺にだってできるようになるはずだ」

べ、別に対抗意識とかではない。キャロ、肘打ちしてくるなよ。

ただ、どうせやるんだったら、自分からちゃんと取り組んだほうが楽しいってこと、リアから教わったから。

「町の家は私たちが用意しよう。バートとやら」

「おう。いや、はい」

突然自分に話が来て驚いたバートが、背筋を伸ばしている。というか、背筋を改めて伸ばさなくちゃいけないほどくつろいでいたんだな。ほら、ヒューが冷たい目で見ている。

「そなたたちも日中の仕事は必要か」

「ああ。できれば仕事を紹介してくれるとありがたい」

「承知した。では、適当な家と仕事が見つかるまで、しばし城に滞在するがいい」

本当は町の宿でいいのだが、という顔をしたバートだが、黙って頷いた。

「なあ、王子さん」

こんな気軽なのはミルだけだ。

「なんだ」

「俺、ちょっと城は堅苦しいっていうかさあ、正直ちょっと飽きたんだ」

バートが片手で顔を覆っている。ミルは正直すぎるのだ。

「今日くらいさあ、町の外に狩りに行ってもいいかな。あっちの山脈の方にさ、行ってみたいんだ、俺」

とたんに皆そわそわしている。

あっちの山脈とは、領都シーベルの北側にあるユーリアス山脈だ。ウェスターの西端のウェリントン山脈の側で狩りをしていた俺たちにとっては、東端はどんなふうに違うのかものすごく興味がある。

「いや、しかしな」

「俺たち、っていうかアリスターが結界箱持ってるし、泊まりがけでの狩りなんて別に特別なことじゃないんだぜ」

王子二人は相談の結果、一応護衛をつける、そしてヒュー王子も付き添うという条件で許可が出た。

ヒュー王子って、リアだけじゃなくて実は俺たちといるのが好きなんじゃないかなあって思うんだ。

俺はにやにやしながら王子の方を見た。

「違うぞ。視察が必要だと前から思っていたんだ」

「そうなんだ」

「本当だぞ」

こうしてリアが旅立った日、俺たちも新しい生活を始めることになった。

もう、少なくとも来年の夏まではリアとは会えないなあと思いながら。

でも、会えなくてもこんなにすぐ存在を感じるとは思わなかったんだ。


俺たちは日が沈む前から北に向かい、ユーリアス山脈がだいぶ近くなってからテントを張った。

「私の結界箱を使うか」

というヒューの提案は、

「大丈夫だ。王子さんたちが自分で使うといい」

とバートが断り、俺たちの結界と隣り合わせに、ヒュー王子たちの拠点が作られた。

やがて日が沈む頃、ヴン、という体に響く気配がいくつも現れた。山脈の方から、そしてよく見ると地面からも湧き上がるように虚族が現れる。

「ひっ……」

思わず漏れ出た声はヒュー王子の連れてきた護衛からだった。

王子は町の外にあまり出てきたことのない兵士をあえて連れてきていたようだった。

ここらあたりは人の被害が少ないのかもしれない。人型をした虚族はそれほど多くない。

それらが人の気配を感じてゆらゆらとこちらに近寄ってくるのだ。

ある程度数が増えたところで、

「さあて、行くか」

というバートの声にそれぞれが立ち上がる。

「待て、アリスター。お前も行くのか」

「ああ」

ヒューが驚いたように俺に声をかけるけど、俺だってずっと虚族を狩っているんだ。旅の間は、虚族を狩るより、リアの面倒を見ていることが多かっただけで。

王子たちのことは気にしなくていい。結界箱は、テントの真ん中に置いてある。いつもはリアが抱えて座っていたのに、と思うが、そんなことに気を散らしていたら虚族にやられてしまう。

俺たちは目を見合わせると、リアのいなかった頃のリズムで虚族を狩り始めた。

つまり、リアがいた時と同じなんだけど、リアのことを気にして振り向かなくていいから、かなり集中してできるんだ。

「これがトレントフォースのハンターか」

そんな声を聞きながら、そろそろ休憩に入ろうかと言うとき、それは起きた。

左に見えていた虚族が何かに殴られたようにゆがんだと思ったら、キーンと何かが体の中を通り過ぎた。

魔力がたくさんある者は胸のあたりを押さえている。そうでない者も不思議そうな顔をして左右を見渡している。

これは覚えがある。

「リアの結界だ」

結界の外に出ていたバートとミルも、前をにらんだまま後ろに下がってきた。

しかしそんなに警戒する必要はなくなっていたんだ。

「結界に全部跳ね飛ばされちまった」

呆然とするキャロに、ミルが応えた。

「お、なくなったぜぇ」

一瞬広がった結界は、あっという間に消えてしまった。

しかし、一度跳ね飛ばされた虚族の気配も消えてしまった。

しばらくすると、ユーリアス山脈の方から、かすかにヴンという虚族の気配がしたが、数も少なく、距離も遠かった。

「リアだけじゃねえぞ。オールバンスの兄ちゃんと父ちゃん、何やらかしてくれてんだよ」

バートがかすかな声でつぶやいた。

かなり驚いたけど、どんなことが起きたのかは、バートと同じようにすぐ想像できたんだ。

いくら賢そうに見えても、リアの家族だ。

リアだってものすごく賢いけれども、好奇心と食欲にはすぐ負ける。

リアが結界を張れると知って、すぐやりたいと思ったに違いないんだ。

「うっかり結界を重ねちまったってわけか。にしても」

バートは何かを言いかけると、結界がやってきた西側の方を見た。

そして目を細めた。

「クライド、西側の向こう、見えるか」

クライドは二歩でバートの隣に並ぶと、同じように目を細めて西側を見た。

俺も同じように見たんだが、バートやクライドほど遠目がきかないし、もしかしたら背が小さいからかもしれないけれど、何も見えなかった。

「かすかに影。一人や二人じゃない。ちらっと明かりが見えた」

「やっぱりか。どうやら俺たちは見張られていたか、あるいは先に野営していただけか。おい、王子さん！」

バートはクライドに確認を取ると、王子のところに行って何かを話している。

ヒュー王子は首を左右に振ると、バートが指さす方向を一緒に見たが、バートほど目はよくないため見えなかったようだ。

「今人手を割いて二手に分かれるわけにはいかない。なぜか虚族がいなくなったが、また現れないとも限らないしな」

こちらの動きに気づいたのか、向こうの人たちは静かに撤収していったようだった。

「めちゃくちゃ怪しいよな。黙って野営していればハンターかと思うものを、逃げたってことはよからぬことをしてたってことだろ」

「リアがいなくなったってのに、ちっとも落ち着かねえなあ」

王子の護衛が見張りに立ってくれているのをいいことに、キャロとバートがテントでこそこそと話をしている。

しかし俺はちょっとそわそわしていた。

リアが結界を作れるようになってからずいぶん経つのに、俺はまだ結界が作れない。あとちょっと、あとちょっとのような気がするんだけど、そのちょっとが難しい。

そんなものかと思っていたら、ルークはたった一日でできるようになった。

正直なところ、めちゃくちゃ悔しかったんだ。

でも今日、久しぶりに虚族を狩った。そうだ、虚族を狩るのは命がけなんだという緊張が戻ってきたこの時に、胸に響いた結界。

何かがカチッとはまった気がしたんだ。

つまり、今なら結界が作れるかもしれない。

「どうした、アリスター」

「あの、ちょっと」

「トイレなら外だぞ」

「違うよ」

からかってるんじゃない、まじめにそう言ってるからちょっと困る。

「俺、ちょっと結界試してみたいんだ」

「いいぜー」

迷いがないな、ミルは。

「まず自分の魔力を少し外に出すんだ。そしてそれを結界に変えていく……」

さっきの胸に響いた結界を思い出せ。結界の響きを、歌を歌うときのように高くするんだ。

キーンと。

拡がって、消えた。

バートとミルが固まっている。

ポン、とクライドが肩を叩いた。

ぽん、とキャロが腿を叩いた。

「やったのか、俺」

バートがにやりとし、ミルが自分の胸を叩いた。

「ここに、響いたぜえ」

「うん」

俺にもやっとできたよ、リア。


ユーリアス山脈でも、ウェリントン山脈と同じように虚族は発生する。現れ方も、倒し方も同じだ。それがわかって納得した俺たちは、その後は狩りをせずにおとなしく過ごしていた。

そのうち、城の近く、以前貴族が住んでいたという大きな屋敷を提供された。五人でも使い切れないくらいだ。

「このくらい、王都の貴族の屋敷に比べたら大きくも何ともありませんよ」

「セバス、あんたの勤めてたとこって四侯の屋敷だろ。王都の貴族はって言われたって、なんか信用できないんだよな」

「そんなことはございません」

バートに応えているのは、この屋敷に執事として雇われたセバスだ。

「執事ではありません。家令です」

と本人は主張しているけれど、執事だと思う。

まじめな顔をしてバートと話しているけれど、口の端がちょっとだけ上がっている。

何やら訳ありのようだけど、リアを大事にして、リアの心を守ったってことだけは聞いているから、それでいい。

それに、メイドまでいる。

「メイドではありません。家政婦です」

と主張しているけど、家のことをやってくれている人はメイドではないのだろうか。

この人は、リアを見つけた時に虚族にやられていたハンナという女の子のお母さんだそうで、エレナと呼ばれている。

俺より少し大きい息子がいて、その子は城で侍従見習いとして働いている。

俺たちは俺たちだけで十分暮らしていけるって、使用人なんかいらないってヒュー王子には最初にそう言ったんだ。だって知らない人が家にいたら面倒だろ。

でも、

「貴族とはそういうものだから、これも慣れておけ。それに、リアが喜ぶぞ」

と言われたらそうするしかない。

実際、掃除も、洗濯もしなくてよくなったのはすごく楽だ。それに、お金のこと、着る物のこと、貴族らしい振る舞い方や話し方、全部セバスが教えてくれる。

でも、リアのことは教えてはくれないんだ。

「その思い出は全部キングダムに置いてきたのですよ」

そう言っているけど、リアのことを話したら、ハンナのことも話すことになるから、きっとエレナが悲しまないようにしているんだろうと思うんだ。

年が明けたら、貴族の学校にも行く。同じ学年の子に追いつけるように、昼は勉強を頑張っている。

それで、夜は週に何日かは虚族を狩りに行く。

ヒューと一緒に魔力の訓練もしていて、今度ユーリアス山脈のふもとで、一緒に結界箱の試験運用にも参加するんだ。

その試験で、魔石の魔力のなくなり方、結界の範囲をなんかを調べるんだって。

「いまごろでしゅか」

リアならそう言ってあきれたように首を横に振るだろうなと考えて、おかしくなる。

それを調べた後、必要になってから呼んでくれよって、俺も思ったよ。

そう、最初に虚族を狩りに行った夜にバートが見つけた怪しい奴らは、結局正体ははっきりとはわからなかったんだ。

でも、ヒューがしつこく跡をたどって調べてみたら、なんだかイースターの奴らららしい。

「考えたくはないが、帰ったと言っていた第三王子が、実は帰っていなかったとも考えられる。あるいはウェスターの動向を探らせているとしたら……。しかし、証拠はない」

証拠があればオールバンスに警戒を続けるよう連絡できるのだが、証拠がないのなら様子を見るしかないという何とも歯がゆい状況らしい。


母さんとの暮らしを邪魔する、この夏空の瞳が大嫌いだった。この目のせいで、母さんは早くに逝ってしまった。

けど、リアは違った。その淡紫の瞳のせいでさらわれたのに、その目のことなんて、何とも思っていなかった。

「ごはんになりゅから、いい」

魔力があるからお金が稼げて、淡紫の目だから歓迎されておいしいご飯が食べられる。それでいいではないかと言うのだ。

くいしんぼのリアらしい言い方だ。

だったら俺だって、使われるより使ってやろうと思うんだ。

魔力があるならそれを生かす。

夏空の瞳で優遇されるなら、それを使って力をつける。

そうしたら、もう大切なものを失くすこともなくなるだろう。

そうだろ、リア。

「あい！」

きっとそう言ってにっこり笑うんだ。
いつだって俺の心には、リアがいる。
きっと会いに行くからな。

《特別収録・いつだって心には／了》

あとがき

『転生幼女』も四巻になりました。この巻を手に取ってくださったということは、三巻から引き続きの読者の方でしょうか。また、ウェブ連載から来てくださった方、作者の他作からの方も、ありがとうございます。カヤと申します。

ここからはいつものようにネタバレもありますので、気になる方は先に本文へどうぞ。

さて、一年遅れのお披露目をしたリアも二歳になりました。二歳になったからと言って急に成長するわけもなく、相も変わらず幼児生活を楽しんでいるリアです。

が、その楽しそうな様子に、いつの間にやら四侯の子どもたちが集まってきます。

リアに刺激されたのか、もともと皆が自由な性質なのか、それぞれがやりたいように振る舞っているうちに、次第に親の時代とは違う変化が起きてきます。

一方でキングダムを取り巻く状況も、親の世代とはずいぶん違ってきて、今まで通りの生き方ではどうやら乗り越えられない気配です。

周辺諸国にも少しずつ怪しい動きが。そんな中、リア、そしてニコはどう過ごしていくのでしょうか。

転生から始まったリアの物語ですが、四巻になっても、まだ二歳。そして四巻の終わりでもまた二歳。真冬から春の気配を感じるほんの数か月のお話ですが、その中にリアの充実した毎日がギュッと詰まっています。

リアと一緒に、一日一日を楽しんで読んでくれるといいなあと思います。

ただし、一巻の帯の解説文を思い出していただけると助かります。

「人生ハードモード」

これからの展開をお待ちください。

最後に謝辞を。

「小説家になろう」の読者の皆様。リアは最終的に何歳になるんですかと将来を気にしてくれている編集様と一二三書房の皆様。もはや作者よりリアや仲間たちの姿をしっかり描いてくれるイラストレーターの藻様。そしてこの本を手に取ってくれた皆様、本当にありがとうございました。

カヤ

ARATA

Illu めばる

カプセルデザイン／るうている

現実世界に現れたガチャに給料全部つぎ込んだら引くほど無双に

「小説家になろう」

日間 週間 月間

四半期 年間

1位

1回1万円のガチャ、

出てきたのは……？

転生幼女はあきらめない 4

発 行
2020年7月15日 初版第一刷発行

著 者
カヤ

発行人
長谷川 洋

発行・発売
株式会社一二三書房
〒101-0003 東京都千代田区一ツ橋2-4-3 光文恒産ビル
03-3265-1881

デザイン
Okubo

印 刷
中央精版印刷株式会社

作品の感想、ファンレターをお待ちしております。
〒101-0003 東京都千代田区一ツ橋2-4-3 光文恒産ビル
株式会社一二三書房
カヤ 先生／藻 先生

Printed in japan, ISBN 978-4-89199-641-3

※本書は小説投稿サイト「小説家になろう」（http://syosetu.com/）に
掲載された作品を加筆修正し書籍化したものです。